新潮文庫

天に遊ぶ

吉村　昭著

目次

天に遊ぶ

鰭^{ひれ}
紙^{がみ}

村役場の前でタクシーから降りた。

二階建の古びた役場は、葉の生い繁《しげ》った樹木の中に埋れるように建っていて、蟬《せみ》の鳴きしきる声が降りそそいでいる。

昨日の夕方、近くの温泉地の旅館に入った市原は、村役場に電話をし、村史編纂室《へんさんしつ》にいる海野に連絡をとった。海野とは書簡を三度交していて、その日会うことになり、旅館からタクシーで役場に来たのである。

市原は、海野から電話で指示された通り役場の裏手にまわった。手洗所があって、その前に渡り廊下のような通路が伸び、平家建の木造の建物につながっている。かれは通路を進んで建物に入った。すぐ右手に村史編纂室という木札のかかっている部屋があり、ドアをノックして押した。

窓ぎわに大きなテーブルが置かれ、頭髪の薄れた男が坐《すわ》っていて、市原を眼にすると席を立ってきた。海野であった。

大学で経済学を講義する市原は、江戸時代の各藩の経済政策を研究課題にし、論文にもまとめて発表している。当然、それは藩の領民対策とむすびついていて、調査のため旅をすることが多い。

祖父が興《おこ》した製薬会社は、父が死亡した後、弟が継いでいる。弟は、学者への道を進んだ兄が経済的に不自由なく学究生活を送れるよう、市原が相続した亡父の遺産でマンションを建て、その賃貸料が市原の預金口座に入る配慮をしてくれている。それによって、市原は、意のままに研究に没頭することができていた。

かれは、数年前から天明年間に襲った東北地方の飢饉《ききん》の実態を調べ、それについての諸藩の対策を調べることにつとめてきた。ことに六万五千人という最も死者の多く出た南部藩の動きについて、強い関心を寄せていた。

自然に旧南部藩領の飢饉調査をおこなっている郷土史家たちとも識《し》り合うようになり、書簡を交し、時には現地に出向いてゆく。海野はその中の一人であった。

二カ月前、海野から手紙が来た。幕末まで村の大庄屋《しょうや》であった家の土蔵から、けかち（飢饉）の見聞を事細かに記した文書が出てきて、それを判読整理しているという。

海野が住む村の被害状況についての藩の記録は、市原も眼にしている。それによると人家六十軒ほどあった村は、激しい飢饉にさらされ、人々は山野の植物を食いつくし、犬、馬、牛の肉まで口にし、遂《つい》には人肉まで食う者がいたという。他の地に流れて行った者もいて、村に生き残った者は八分の一と記されていた。

その地方では一人残らず死に絶えた村もあり、それを書きとめた記録も読んでいるが、市原は新たに発見されたという大庄屋の文書を眼にしたかった。

しかし、年に一回開かれる学会の幹事をしているかれは、その準備にとりかかっていて東京をはなれることができなかった。その学会も半月前に終了し、海野に電話をかけて都合をきき、出掛けてきたのである。

海野を六十歳過ぎの男と想像していたが、頭髪は薄れているものの顔は若々しく、四十代半ばのように見えた。

テーブルをはさんで市原と向い合って坐った海野は、文書を見出《みいだ》したいきさつを口にした。その元大庄屋の土蔵にある文書はすべて海野が眼にしていたはずであったが、近くの町にある信用金庫の支店長をしている当主から、裃《かみしも》、袴《はかま》などをおさめてある長持の底から文書の綴《つづ》りが出てきたという報《しら》せを受けた。それが天明期の大庄屋が記したけかちの見聞記であったという。

海野は立つと、部屋の隅にあるロッカーの前に行き、油紙に包んだものを持ってくると、テーブルの上に置いた。油紙を開くと、状態の良い文書が現われた。

「単なる記録ではなく、村上彌左衛門《やざえもん》という大庄屋が、見聞したことを具体的に記していますので興味深いのです。編纂中の村史にも入れたいと思い、釈文《しゃくもん》もしました」

海野は、市原の前に文書を置いた。

「それでは、拝覧させていただきます」

市原は軽く頭をさげ、丁寧に和紙を繰った。

大庄屋は几帳面《きちょうめん》な性格らしく、筆跡が整っていて読み易《やす》い。天明元年、二年が不作で、三年が大凶作に見舞われたことが記され、ことに三年の状況が詳細に述べられている。

その年の冬はきわめて暖かかったが、春になると霜が降りるほど寒気がきびしくなった。冷雨がつづき、夏に入っても晴天の日はなく、麦と米は結実せず、大豆、粟《あわ》、稗《ひえ》、そばもすべて種なしとなり、前例のない大凶作となった。

餓死者が増し、人べらしのため老人や子供を殺して川に流すのが習わしのようになり、牛、馬すべてを食いつくしたことが、淡々とした筆致でつづられている。

大庄屋の家では雇人をすべて解雇し、盗賊に押し入られた折に身をひそめる隠し部屋に貯《たくわ》えておいた米、麦を、家族でひそかに少量ずつ口にしていたので飢えをまぬがれた。

和紙を繰ってゆくと、人肉を食った挿話が一話ずつ書かれている。

或《あ》る家で老母が死ぬと、村の若い男が訪れてきて、自分の家の老父の死期がせまっているので、老父が死を迎えた折にはその死体を運んでくるから、老母の死体を欲しいと懇願した。交渉は成立し、死体を渡すと、その後、男は約束通り父の死体を運びこんできた。むろん、死体は飢えからまぬがれるための食料であった。

餓死者は墓地に埋められるが、その死体を食おうとする者の手でたちまち掘り起され、墓地には穴が所々に見られるという。

彌吉という大庄屋の長男が、眼にした情景も記されていた。

近くの川のほとりを歩いていた彌吉は、若い女が川岸にうずくまっているのに気づいた。女は川岸に寄せられた子供の死体の肉を小刀で切りさいて、それを口にしている。

彌吉が立ちすくんでいると、振返った女は恥かしいと思ったらしく、顔をおおって逃げ去った。その女が隣村に住む十六歳の、ふくという女であることを、彌吉は知っていた。

文書のその部分に、細く切った鰭紙《ひれがみ》が貼《は》られていた。後に書いて貼ったものであることはあきらかで、「このふくなる女は」川をへだてた村の沢木屋という油商の家に嫁ぎ、七人の子を生み、今では安穏に暮している、と書かれていた。

市原は、ノートにそれらの記述の概要をメモしながら、具体的に記されている内容に興奮した。飢饉の記録は、ほとんどが藩とそれに所属する機関によってまとめられていて、領民の書きとめたものはきわめて少い。それらの文書も断片的なもので、この文章のように充実したものを眼にしたことはなく、飢饉史の貴重な史料と呼ぶにふさわしいものに思えた。

読み終えた市原は、文書のコピーを保存しておきたいので、写真撮影をして送って欲しい、と海野に頼んだ。海野は、少しはなれた町に古文書撮影になれたカメラ店の店主がいるので、それに依頼してみる、と答えた。

市原は、再び文書を手にして、川岸で子供の肉を食っていたという女の記述の部分に視線を据えた。さらにその部分に貼られた鰭紙に、女が嫁ぎ、多くの子供を生んでいると書かれていることに強い関心をいだいた。

ふと市原は、女が嫁いだという油商の屋号と昨夜泊った旅館の名が同じであることに気づいた。

顔をあげたかれは、それを口にし、関連があるのか、とたずねた。

海野は、少し黙っていたが、

「同じ家です」

と、言った。

その家は油商として財を貯えて旅籠《はたご》を兼ね、明治維新後、新たに温泉の湧出《ゆうしゅつ》によって旅館業専一となった。多産系ではあったが、生れる子は女子が多く、婿《むこ》を入れたりして代々家業を引きつぎ、現在の女主人も家つきの娘だという。

旅館の経営状態はよく、十年ほど前に大改築をして鉄筋コンクリートの建物にし、団体旅行の客も絶えることがない。温泉地では一、二を争う旅館だという。

市原は、昨日旅館に入った時と今日旅館を出て来た折りに、フロントの前で挨拶《あいさつ》した女主人のことを思い浮べた。

花を散らした絵柄の和服を着た大柄な四十年輩の女性で、顔立ちも華やかであった。張った眼が光り、口もとに笑みを浮べ、市原が宿泊人カードに勤務先を大学としたことから、旅館を出る時に、

「先生のようなお方にお泊りをいただき、光栄に存じております」

と言って、深々と頭をさげた。

いかにも旅館を取りしきっている女主人らしい風格と、愛想良さが感じられた。

「村史には、この文書の鰭紙は載せぬようにしようと思っております。あの旅館の前

身が油商であったことを知っている者は多く、狭い土地ですからなにかと面倒が起ります。このことはだれにも話しておりませんので、申訳ありませんが、鰭紙は写真撮影できかねます」

海野は、暗い眼をして言った。

市原は、無言でうなずいた。論文にこの文書を採り上げた場合、油商とふくという女の名を、それぞれ伏せ字にすればよいのだ、と思った。

かれは、再び艶《つや》やかな肌をした女主人の顔を思い浮べた。

蟬の声がしきりで、かれは海野と黙って坐っていた。

同居

和服を着た若い女が注いでくれたビールのグラスをかたむけ、氷室《ひむろ》はカウンターの中の板前が手にする庖丁《ほうちょう》の動きをながめていた。

著名な料亭が客一人でも飲めるように出した店で、階下はカウンター席、二階は椅子《いす》席になっている。料理は洗練されていて、その割りに代金が手頃で、氷室は静かな雰囲気のその店が好きであった。

平瀬と店で待合わせる約束をしたのだが、

「ちょっと話したいことがあります」

と言った平瀬の電話の声の調子が、少し気がかりであった。

平瀬と綾子《あやこ》の間柄は順調に進展していて、結婚式の日取りがきまったことをかれが報告するのではないか、と思った。が、なんとなく平瀬の声が沈んでいるように感じられ、なにか些細《ささい》な支障が生じたのか、とも考えられた。

平瀬は五年前に妻に死別し、子供もいなかったので再婚話がかなりあった。その度に、平瀬は、妻は死んだ妻一人でいいと言って、見合いをするのも避けているということを氷室は耳にしていた。

四十代半ばの平瀬は、料理をつくるのを趣味にしていることもあって、一人住いにも不自由を感じる様子はないらしく、明るい表情をしてすごしていた。

平瀬は氷室の会社の後輩で、一人身の気軽さから氷室の家にも夜来て飲むことが多い。

清潔な感じの容姿とさっぱりした性格に好感をいだいた氷室の妻が、或《あ》る夜来た平瀬に一葉の写真を見せた。それは、彼女の短大時代から親しい友人の姪《めい》である綾子の写真であった。

写真を手にした折の平瀬の表情を、氷室は今でもおぼえている。笑いをふくんでいたかれの顔が急にひきしまり、視線が写真に据えられていた。

氷室の妻が、口をひらいた。綾子は公立の美術館の学芸員をしていて、仕事の性格上、若い男と接する機会が少い。それに父親が、時折り持ち込まれる見合い話を娘可《か》愛《わい》さから一方的に断わることもあって、三十七歳の今でも独身でいる。

父は二年前に病死し、母は、老母の世話をするため大分市の実家にもどっているが、婚期を逸した娘のことに心を痛め、手紙を各方面に出して結婚相手を紹介して欲しいいる。しかし、綾子の年齢のこともあって良縁が得られず、今に至っていると依頼している。しかし、綾子は弟と二人で住んでいたが、弟は結婚し、一人住いだという。

「気持のきれいな人で、家事も好きなんですよ。叔母にあたる友だちと一緒に綾子さんの家に立寄ったことがあるんですけれど、家の中がよく整頓《せいとん》されていて、いい奥さんになると思いましたよ」

妻は、写真を手にした平瀬の顔に眼をむけて言った。

平瀬は、余りにも美しすぎて、とか曖昧《あいまい》なことを口にし、落着かないようだったが、翌日、氷室の妻に電話をしてきて、先方が良かったら会ってみたい、と言った。

平瀬を綾子に会わせた場所は、この店の二階であった。

氷室は、平瀬と先に来て待っていたが、妻と姿を現わした綾子を眼にして写真よりはるかに美しいことに驚いた。色白の肌が滑らかで、目鼻立ちが整い、体の線が美しい。眼に恥じらいの色がうかんでいて、それが表情を豊かなものにしていた。

平瀬は、いつもと異なって黙しがちで、綾子に視線をむけてもすぐにそらす。料理に箸《はし》を伸すことも酒を口にすることも少な目であった。

デザートが出ると、妻が、

「喫茶店にでも行ってお話しなさるといいわ」

と言い、平瀬と綾子は席を立って階段をおりていった。

「かれはすっかり気に入ったようだが、綾子さんの方はどうかな」

氷室が言うと、妻は、

「いいんじゃないんですか。平瀬さんは四十六歳ですけれど、四十になるかならないかと思えるほど若々しいし……」

と、落着いた口調で答えた。

その後、平瀬はしばしば綾子と会っているらしく、「あんな女性がこの世にいるとは思いませんでした」とか、「つつましい性格に驚いてます」とか、心底から魅せられているような言葉を氷室の妻に電話で伝えていた。

綾子の叔母である妻の友人は、良縁だと言って喜び、綾子が平瀬との生活を望んでいることも口にした。

結婚することは確定したも同然で、氷室夫婦は、平瀬と綾子から挙式の日取りを伝えてくるのを待つ気持であった。

店の格子戸《こうしど》が開いて、平瀬が姿を現わした。

「お待たせしてすみません」

平瀬は頭をさげ、氷室の横の椅子に腰をおろした。

料理は、いつものようにおまかせにしてあるので、小鉢がすぐに平瀬の前に置かれた。

氷室は、ビールのグラスをかたむけた平瀬の横顔に眼をむけ、

「どうだい。彼女とはうまくいっているのかね」

とたずねた。

「ええ、まあ」

平瀬は、前方に視線をむけたまま答えた。

氷室は運ばれてきた料理に箸を伸しながら、少し黙った後、

「なにか気にさわることでもあるのかね」

と、言った。

「いえ、別に……。彼女は素晴しい女性ですよ」

その言葉が、いつもとは異なって綾子を客観視しているように感じられ、氷室は釈然としなかった。

少しはなれた所に立つ店の女に、氷室は冷酒を注文し、運ばれてきたガラス製の銚《ちよう》子《し》をかたむけた。

「話したいこととは、なにかね」

かれは、さりげなくたずねた。

「それがですね。彼女の家に行ったんですが……」

平瀬は、口ごもりながら話しはじめた。

二日前の日曜日、レストランで夕食をとり、綾子が家に来て欲しいというのでタクシーに乗って行った。それまでもタクシーで何度か送ったことがあるが、家に入るのは初めてであった。

綾子は、その夜、平瀬を招こうときめてあったらしく、ドアを開けた玄関の上り框《がまち》には、造花のついた綾子のスリッパとともに客用のものが並んで置かれていた。靴をぬいでスリッパに足先を入れかけたかれは、ぎくりとして立ちすくんだ。奥から音もなく大きな犬が出てきて、綾子の傍らに身を寄せた。

綾子は、犬の頭をなぜて、

「キャロリンちゃんです」

と言って、なにか外国語らしい言葉をかけると、犬は頭をめぐらし、奥の方へ引返していった。

「驚くほど大きな犬でしてね。体長が一メートル五〇センチぐらいはありました」

平瀬は、氷室の顔に眼をむけて言った。

広い洋室があって、低いテーブルのまわりにソファーと椅子が置かれ、かれは綾子にうながされてソファーに腰をおろした。

これまでの綾子との会話で、犬を一匹飼っていることはきいていた。頭がすこぶる良く、朝、夕食用のドッグフードを容器に入れておくと、昼間は決して口にせず、夕方六時頃になると食べる。手洗いのドアをあけてあるので、犬は排泄《はいせつ》をすませ、教えた通り水で流すともいう。

平瀬は、それが小犬で、一人暮しの淋《さび》しさから犬を飼っているのも無理はない、と思っていた。

かれは、飾り棚の前に坐《すわ》っている犬に眼をむけた。白い体毛は長く、薄茶色い部分もある。細長い顔の両脇《りょうわき》には、だらりと耳が垂れ、大人しい性格らしく、こちらにむけられている眼には穏やかな光がうかんでいた。

綾子が、ウイスキーの水割りの用意をして運んできて、テーブルの上に置いた。

かれは、綾子が差出した水割りのグラスを手にし、

「大きな犬ですね」

と、言った。

綾子は犬にいとおしそうな眼をむけると、

「ピレネーという種類の犬です。賢くて大人しくて……」

と、言った。

犬は、二人の姿を見守るようにこちらに眼をむけ、動かない。

平瀬は、一時間ほどして腰をあげ、犬は綾子に声をかけられて立ち上ると、玄関を出てゆく平瀬を綾子とともに見送ったという。

「その犬の表情が人間のように見えるのですよ。落着いた人間の……」

と、平瀬は氷室に言った。

平瀬は、綾子と犬がゆるぎない絆《きずな》でむすばれているのを強く感じた。結婚した場合、綾子は決してその犬を手ばなすことはなく、生活は犬を加えたものになる。

「同居人、いや犬ですからこの言葉は当りませんが、同居している生きものがいるのを知ったのですよ。彼女は素晴しい女性なのですが、一人住いではなかったのです」

平瀬は、顔をゆがめた。

氷室は笑う気になれなかった。平瀬は、犬が好き嫌いという問題ではなく、綾子がその犬とあたかも一体化したように生活していることに、深い戸惑いをおぼえている。綾子と犬の生活が到底突きくずせないものであるのを感じたにちがいない。

「わかってくれますか、私の気持」

平瀬の言葉に、氷室は、

「わかる、わかるよ」

と答え、うなずいた。

水洗便所を使う大きな犬の姿を想像した。それはすでに犬ではなく人間に思える。

同居か、と氷室は胸の中でつぶやいた。妻に説明するのはむずかしく、どのように話すべきか思案しながら、杯を手に黙っていた。

頭《ず》蓋《がい》骨《こつ》

ノートと万年筆をアタッシェケースにおさめ、柱にかかった古びた時計を見上げた。五時半を少し過ぎている。

私は坐《すわ》り直し、炉をはさんで坐っている老いた漁師に手を突いて礼を述べた。漁師はうなずいたが、無言であった。

土間に置かれた靴をはいた私は、再び頭をさげた。漁師は炉の火に眼を向けていた。

外に出ると、すでに夕闇《ゆうやみ》が濃くなっていて、私は駅への道を歩きはじめた。右手は海で、音を立てて寄せる波がほの白く見える。

村役場の吏員に車で漁師の家に案内してもらったのは二時間ほど前で、私の来訪目的を吏員からきいた漁師は、私に炉ばたに坐るよううながした。吏員は、すぐに引返していった。

私が名刺を差出すと、漁師は物珍らしげにそれを手にして、裏返した。名刺に肩書きが印刷されていないので裏を見たのだが、そこにもなにもない。

私は、携えてきた菓子折の上に文庫版の私のエッセイ集をのせて漁師の前に置き、

「小説を書いている者です」

と、言った。

漁師は、エッセイ集を手にとったが、興味もなさそうに炉ばたに置いた。

私が漁師を訪れたのは、終戦直後、村の沖合で輸送船が沈没したことと関連があった。樺太《からふと》にソ連軍が侵攻し、南下した避難民が大泊《おおどまり》からそれぞれ船に乗って北海道方面にのがれた。その一隻《せき》が稚内《わつかない》港に入って一部の避難民をおろし、さらに小樽《おたる》にむかって航行中、村の沖合でソ連の潜水艦の雷撃を受けて沈没し、乗船者の大半が死亡またはは行方不明になった。

その出来事を小説に書くため十年ほど前に村に来て調査したが、その折、船が沈没してから四十年近くもたっているのに、漁網に幼児の頭蓋骨《ずがいこつ》がかかったことを耳にした。

その話が胸の底に澱《おり》のように沈んでいて、最近になってそれを短篇小説に書いてみたいと考え、再び村に足をむけた。村役場の吏員から幼児の頭蓋骨を網にかけた漁師が健在であることをきき、案内してもらったのである。

漁師は寡黙《かもく》であったが、かれにとって忘れがたい記憶であるらしく重い口を開くよ

うになった。

沈没した輸送船は、いつしか魚の巣のようになって魚が群れるようになった。漁師たちはその附近に網をおろし釣糸を垂らして魚を採った。網が船体にひっかかって破れることもあって、それが一層、魚の棲《す》むのに適した複雑な魚巣《ぎよそう》にし、さらに多くの魚介類が棲みついた。漁師の網に緑色の長い藻におおわれた幼児の頭蓋骨がかかったのは、私が初めて村を訪れた少し前で、それは、カレイ、エビ、ホッケの中にまじって、はねる魚とともに動いていた。

「大きな毬藻《まりも》のようだったよ」

漁師は、言った。

その二年ほど前に他の漁師の刺網に大人の胸骨がかかったこともあって、村の警察官は、難に遭った避難民の中にまじっていた幼児の骨であると判定し、身許《みもと》不明のまま村の墓地に仮埋葬したという。

私は、水深七十メートルの海底に沈んでいるという船の位置や、そこに群れる魚の種類、頭蓋骨を眼にした時の村人たちの反応、さらに警察官との言葉のやりとりなどをたずね、それらをノートにメモした。

質問することは絶え、私はノートを閉じた。

外に出て道を歩き出した私は、早くも小説にどのように書くべきかを考えていた。大きな毬藻という漁師の言葉が、私の創作意欲を刺激していた。骨をおおっていた藻は、浜にあげられているうちに乾き、緑の鮮やかさも失われていったのだろう。

漁師は、頭蓋骨がこれほどの大きさだった、と両掌《りょうて》でしめしたが、それは大きな林檎《りんご》ぐらいであった。

歩いているうちに体が夜の色につつまれ、やがて恐ろしいほどの濃い闇になった。浜に寄せる波の白さも見えず、ただ波頭がくだける音がきこえるだけであった。

私は、路面をたしかめるように慎重に足を動かしていった。闇に眼がなれると言うが、微光がどこかから流れてきている場合にかぎられるのを知った。闇は分厚い布に似て顔の前に重々しく垂れ、私は息苦しさを感じながらそれを押し分けるように足を踏み出す。右手からきこえる波の音と、小石の浮き出た路面を踏む足の感触のみがたよりであった。

冷いものが頭や頬にあたりはじめ、次第に激しさを増した。私は、ダスターコートを脱いで頭からかぶった。周囲に雨音が満ち、波の音を搔《か》き消した。

道沿いに人家はなく、そのことは吏員に車で送ってもらった時に知っていた。駅前の家や商店の寄りかたまった個所を車がはなれると、そこからはゆるい弧をえがく海ぞいの道があるだけで、やがて見えてきた漁村の集落の一番手前に漁師の家があったのだ。

ダスターコートに当る雨の音が、さらに激しく大きくなった。コートを支える手から雨水が腕を伝って流れこんでくる。膝頭《ひざがしら》から下部が冷くなってきていて、ズボンの布地から雨水がしみ入っているのを感じた。

こいつは参った、と薄笑いしながら胸の中でつぶやき、このような姿を妻や子には見せたくない、と、妙なことを考えた。今頃かれらは、明るい電光の下で食卓をかこんで食事をし、父である私が悠長に北海道での旅をしていると想像しているのだろう。雨に打たれ闇の中を足探りをしながら歩いていることなど、考えもしていないはずであった。

不意に闇の濃さがうすらぐのを感じた。雨しぶきにおおわれた路面が徐々に浮き出し、私は、波打ち際《ぎわ》に近い道の右端を歩いているのを知った。

光は後方から流れてきていて、私は振返った。雨の中を野獣の眼のように並んだ二つの光が見える。

私は立ちどまり、光を見つめた。眩《まば》ゆい光で、揺れながら近づいてくる。エンジン音とタイヤが路面に当る音がきこえてきて、私は強い光に眼を細めた。

近寄ってきた車が速度をゆるめ、徐行して私の傍らで停止した。軽トラックで、なにかを運んだ帰りらしく荷台にはなにも積んでいない。

運転台の窓ガラスがおろされ、手拭《てぬぐ》いを頭に巻いた四十歳前後の浅黒い女が、

「どうしたの」

と、声をかけてきた。

「駅まで行こうとしているのですが……」

私は、ダスターコートの下から答えた。

「まだ大分あるよ。乗ったらどうだね」

女は、体をかたむけて助手台のドアを押し開けた。

私は、ヘッドライトの前をまわって助手台のドアに手をかけたが、座席を濡《ぬ》らせてしまうことに気づき、

「体が濡れているのですが……」

と、言った。

「かまわないよ。すぐ乾くから」

女は、少しも頓着《とんちゃく》しないように答えた。

私は助手台に身を入れ、ドアを閉めた。

車が動き出した。

「助かりました。この暗さと雨で困っていました」

私は、女に頭をさげた。

女は、黙ってハンドルを手にしていたが、

「どこから来たの」

と、前方に眼をむけたままたずねた。

「東京からです。人を訪れましてね」

ボンネットに雨水がしぶきをあげ、ワイパーがきしんだ音をさせて動いている。車に乗せてもらえたことに深い安堵《あんど》を感じ、

「助かりました」

と、再び言った。

しばらくすると前方に、家から洩《も》れる燈火が見えてきた。車は、両側にまばらに家の建つ道を進み、商店もある道に入ると左に曲った。

突き当りに侘《わび》しい駅舎があって、車はその前で停った。

私は、車から降りてダスターコートをひろげてかぶり、頭をさげた。女はうなずき、車が駅舎の前をはなれていった。

待合室に入った私は、改札口の上に垂れた列車の発車時刻を記した札を見つめた。札幌にもどるが、その方面に行く列車が発車するまでには一時間以上ある。

待合室にはだれもおらず、私は長椅子《いす》に腰をおろし、靴と靴下を脱いだ。靴を逆さにしてたまった水を出し、靴下をしぼって足を長椅子の上に伸した。上衣《うわぎ》はまだしもズボンは雨水をふくんで黒ずんでいるが、そのうちに乾くだろう、と居直ったような気分になった。

私は、アタッシェケースから煙草《たばこ》を取り出し、ライターで火をつけた。雨の降りは相変らず強く、庇《ひさし》から雨が滝のように落ちている。

闇の深さが無気味に思えた。あのまま歩いていたら道を踏みはずし、思わぬ怪我《けが》をしたかも知れない。女の車に乗せてもらったことに、あらためて感謝の念をいだいた。

こんなひとときがあってもいい、と思った。濡れた衣服を身につけて素足をのばし、長椅子に坐っている自分が可笑《おか》しく思えた。この姿を妻子が見たら、のんきな夫であり父だと思って笑うにちがいない。

駅舎の前に車の停る音がし、待合室に人の入ってくる気配がした。

振返った私の眼に、中年の警察官が私に視線をむけながら近づいてくるのが映った。

かれは私の前で足をとめ、

「どこから来たのかね」

と、言った。

東京からだと答えると、なぜ雨の中を歩いていたのか、とたずねた。

私は、小説を書いている、と言って、

「終戦直後にこの沖合で船が沈んだでしょう。その後、幼児の頭蓋骨を網にかけたという人がいるときき、その人の家を訪ねたんです」

と言って、老漁師の名を口にした。

無言で自分を見下している警察官の眼の光に、私は不審者として疑われているのを感じた。また、私を車に乗せた女が、雨の中を歩いていた私をいぶかしみ、巡査派出所に行ってそのことを告げたのだ、とも思った。

たしかに懐中電燈も持たずコートをかぶって雨に打たれながら歩いている姿は、尋常のものとは思えなかったのだろう。罪を犯した者が北海道にのがれ、長い間身をひそませていたという話をきいたこともある。女は、私がそれに類した者かも知れぬと思ったにちがいない。警察官は、一応職務柄、私の素姓を調べに来たことはあきらかだった。

私は坐り直し、上衣の内ポケットから名刺を出して警察官に渡した。かれは名刺を見つめ、漁師と同じように裏返した。

その名刺が私の素姓を明らかにするのになんの役にも立たないことに気づいた私は、アタッシェケースをひらき、持ってきていた文庫版のエッセイ集を差出した。

「私が書いたものです。著者と名刺の名前が同じでしょう」

警察官は、無言でうなずいた。

さらに私は、漁師の家に案内してくれた吏員の姓も口にし、列車に乗って札幌へ行くのだ、とも言った。

警察官の眼の光がやわらぎ、気まずそうな表情がうかんだ。

「いろいろ事件があってね」

かれはつぶやくように言い、

「これは頂戴《ちょうだい》してもいいのかね」

と、文庫本をかざした。

「どうぞ、どうぞ」

私が頰をゆるめると、かれは、

「失礼しました」

と言って挙手し、待合室の外に出ていった。

警察官に不審訊問《じんもん》を受けたのは、これで三度目だ、と思った。一度目は、放浪に似た旅をしていた二十八歳の冬、根室の質屋にカメラを持って行った時、警察官が入って来て不審訊問された。二度目は新宿からタクシーで帰宅途中、検問にかかって下車させられ、懐中電燈の光を顔に受けた。いずれも解放されたが、私の顔には犯罪者と共通したなにかがあるのだろうか。

それらの警察官は、疑いを解いた時、素朴な人間らしい表情をみせ、礼儀正しく挙手した。文庫本を手にして去った警察官も同様で、私はかれに親しみに近いものを感じた。

私は、再び長椅子に足をのばした。素足が妙に白く、それを見つめながら新たに煙草を取り出して口にくわえた。

眼の前にみずみずしい緑色の、濡れた大きな毬藻が浮び上った。

香《こう》奠《でん》袋《ぶくろ》

斎場の中から、僧の読経《どきょう》の声がきこえてくる。式は定刻にはじまっていた。

編集者の君塚は、斎場の入口に設けられた受付から少しはなれた所に立っていた。長い受付台には、文壇関係、報道関係、一般と書かれた紙が垂れ、会葬者がそれぞれ記帳し、香奠袋《こうでんぶくろ》を出している者もいる。

死亡したのは経済小説を主として書いていた作家で、大蔵省を途中で退官して作家生活に入っただけに、確実な基礎知識をもとに小説を書き、それらは経済界の人たちにも受け入れられ、多くの読者を得ていた。

六十二歳の死は若死にという声がたかく、その死を報じた新聞には、死を惜しむ評論家の談話も寄せられていた。

作家や文芸評論家のいわゆる文壇人が死亡した場合、葬儀は、遺族の意向を汲《く》んで一切の世話を、出版社の編集者たちが引受けるのが習いとなっている。

葬儀社との打合わせ、葬儀委員長、弔辞を述べる人の選定、焼香の順序、贈られた弔花の位置等を話し合いの上できめる。

葬儀の日は、各出版社から編集者たちが早目に集合し、各自の分担に従って配置につく。その日の受付台の内部に並んでいるのも、編集者たちであった。

かれらを統轄《とうかつ》するのは、葬儀の世話係として豊かな経験をもつ編集者で、君塚はその代表格であった。その日もかれは、葬儀に通じた各社の三人の編集者を世話人に選び、かれらの意見を参考に葬儀の総指揮にあたっていた。

かれは、死亡した文壇人の業績、交友関係等あらゆる要素を考慮して会葬者の数を推定する。それは、驚くほどの的中率で、その数字によって会葬御礼の挨拶状《あいさつじょう》の数などがきめられ、常に過不足がない。

斎場の椅子《いす》席はすべて埋められていて、壁ぎわに立っている者もいる。記帳をする人たちも跡をたたず、君塚は、今日も会葬者はほぼ推定した数と一致している、と思った。

世話役の望月《もちづき》が近寄ってきて、肩を並べて立った。かれは君塚とちがう出版社に勤めている編集者だが、葬儀の折にはいつも君塚の補佐役になり、君塚はかれを頼りにしている。年齢は三歳下で、酒を飲み歩く機会も多い。

読経の声がきこえなくなり、式次第によって故人と親しかった作家、評論家、財界人が弔辞を述べる段階に入った。

望月は腕時計に視線を落し、

「定刻通りですね」

と、つぶやくように言った。

斎場に入れぬ会葬者が、入口の外に並びはじめている。焼香台は四個用意してあるので、四列に並べば予定時間内に焼香は終るはずであった。

君塚は、門の方向から世話役の一人である小柳が小走りに近づいてくるのを眼にした。葬儀の進行は手ぎわよくおこなわれていて、一定の速度で動くコンベアーベルトの上に身を託しているような気持であった。それなのに小柳が急いで歩いてくることに、君塚はなにか不測の出来事が起ったのを感じた。

君塚の前に立った小柳が、

「現われましたよ」

と、低いが少し甲高い声で言った。

「なにが」

君塚は、小柳の顔を見つめた。

「香奠婆《ばあ》さんですよ」

「どこに」

望月が、門の方に視線をむけた。

「受付の方に歩いてくるでしょう」

君塚は、小柳の言葉通り黒い和服を着た小柄な老女が歩いているのを見た。

「来たか。元気そうだな」

君塚が言うと、望月が、

「のんきなことを言っている場合じゃないでしょう。早速手を打たなくては……」

と、口早やに言った。

うなずいた君塚は、小柳に、

「しっかりした若い編集者に、あの婆さんにぴったりはりつくように命じてくれ。一瞬たりとも油断なくそばからはなれぬようにと。あの婆さんがどのような人間かも十分に教えて、しかし、監視しているという態度はとらず、親切に扱えと指示してくれよ」

と、言った。

「わかりました」

小柳は答えると、足早やに受付台の方に歩き、内部に入って若い色白の編集者になにか話しかけている。

君塚は、受付台の前に立った老女が記帳をしているのを見つめながら、頬がわずかにゆるむのを意識した。

その老女が文壇関係者の葬儀に姿を見せるようになったのは、十年ほど前からであった。

老女は記帳をすますと、受付台の内部に入り、編集者たちに、

「本日は、御苦労様でございます」

と、丁重に挨拶する。

上質の喪服を身につけた老女は気品があり、挨拶を受けた編集者たちは、死亡した文壇人の縁戚《えんせき》の人だと信じこむ。老女は、編集者の間に立ち、記帳する会葬者に頭をさげたり、香奠袋を受けたりする。

葬儀が終ると、会計担当の編集者が香奠の金額を計算するが、香奠袋の三袋か四袋分の金が足りないのを知る。何度調べ直しても金は見当らず、それを世話役に報告する。

香奠袋の中には会葬者の錯覚で金が入っていないことも時にはあり、世話役は話し合いの末、適当に処理する。

そのうちにだれからともなく、老女のことを話題にするようになった。

老女が姿を見せるのは新聞にもその死が大きく報じられた高名な文壇人の葬儀の折にかぎられ、それらの葬儀にもれなく出向いてくることから、死んだ文壇人の縁者でないことはあきらかだった。

老女は無類の文学好きで、新聞で作家や評論家の死を知ると、葬儀場に足をむけ、読者として手伝いをしようという気持から受付係の中に加わるのだ、と考えられていた。白髪の髪を後ろに小さくまとめた色白の老女は知的な感じがし、受付台に立って会葬者につつましく頭をさげる姿が、殊勝なものに見えた。

しかし、そのうちに香奠の金額に誤差が生じるのは、老女が葬儀場に姿を見せた折にかぎられることに、世話役たちは気づくようになった。

かれらは、ひそかに受付台に立つ老女を監視した。世話役の一人が老女の横に立ち、手の動きをひそかに見守ったりしたが、不審な点は見出《みいだ》せない。が、香奠は香奠帳に記された額より必ず少く、老女がきわめて巧妙にかすめ取っていると断定された。

世話役たちは、いつの間にか老女に香奠婆さんという渾名《あだな》をつけたが、決して悪感情はいだいていなかった。

老女が現われるのは高名な文壇人の葬儀のみで、故人の文学者としての一般の知名度を知る尺度にもなった。葬儀場に彼女が姿を見せると、編集者たちは色めき立ち、故人と親しかった編集者は知名度が高かったことをあらためて感じ、喜ぶ傾向すらある。

しかし、世話役たちは実害を防がねばならず、老女に編集者をはりつかせ、受付台にも近寄らせぬようになっている。

君塚は、小柳の言葉にうなずいていた長身の若い編集者が、受付台の内側から出て老女に近づいてゆくのを見つめていた。

その編集者は、記帳を終えた老女の前に立つと、いんぎんに頭をさげ、こちらへと言うように手を動かして斎場の片側の通路に導いてゆく。老女は受付台の方に少し顔をむけながらも、編集者に付添われて通路を歩いてゆく。小柳がその編集者に、老女を係りの者の控室に案内し、茶菓の接待をするよう指示したにちがいなかった。

君塚は、望月と顔を見合わせ、無言で頬をゆるめた。

弔電の披露も終えたらしく、再び木魚の音とともに僧の読経の声がきこえてきた。

焼香がはじまり、四列に並んだ焼香客がわずかずつ動きはじめた。これも定刻通りで、君塚は望月と列の動きを見守っていた。

「いつものように、香奠婆さんには手土産を持たせて帰ってもらいましょうね」

望月が、前方に顔をむけながら言った。

君塚は、望月と酒を飲んでいる時、香奠婆さんは縁起物だと言ったことがある。彼女が現われるのは葬儀に彩《いろど》りをそえ、故人にとって好ましいとも言える。老女を手ぶらで帰らせるのは気の毒にも思え、なにか手土産を渡すべきだということで、二人の意見は一致していた。

望月は、君塚の傍らをはなれると通路の奥に消えた。

焼香客の列がちぢまった頃、小柳がもどってきた。

「働いた者たちに配るお茶の箱を二個、渡すようにしましたよ」

小柳は、おだやかな眼をして言った。

焼香客が絶え、受付台にいた編集者たちが焼香するためあわただしく斎場に入っていった。これで葬儀はとどこおりなく終了する。

お茶の箱を入れた紙袋をさげた老女が、若い編集者に付添われて通路に姿を見せ、門の方に歩いてゆく。それは孫とともに焼香をすませた老婦人のように見えた。

君塚は、門の所で老女が編集者と互いに頭をさげ合い、外に出てゆくのを見つめていた。

お妾《めかけ》さん

私の生まれ育った町には、お妾《めかけ》さんの住む家が多くあった。

隣接した根岸は、「江戸名所図会《ずえ》」に「上野の山蔭《やまかげ》にして幽趣あるが故《ゆえ》にや都下の遊人多くはここに隠棲《いんせい》す」とあるように、江戸期から明治期にかけて文人墨客が住み、また商人の別宅、妾宅《しょうたく》もあった。

そのような根岸の土地柄が、昭和初期に私の町にも及んでいたのだろうか。

私が通っていた小学校の近くには、当時流行作家として作品が映画化されたり歌謡曲にもなった小説家のお妾さんが、三人の娘とともに住んでいたし、場所はどこか知らないが、文壇の大御所と言われていた作家の妾宅もある、ときいた。

私の家から四軒目の家に、島田さんという五十歳前後の品の良い女性が住んでいた。当時、仕舞屋《しもたや》には珍しく電話がひかれていて、一人住いであった。

母は島田さんと親しく、彼女の家にしばしば行って茶を飲んだりしていた。私もその家に入ったことがあるが、居間には艶《つや》のある上質の長火鉢が置かれ、壁に三味線が立てかけられていた。

母のもらす言葉から島田さんはお妾さんで、檀那《だんな》が亡《な》くなり、遺された金でなに不自由なく暮していることを知った。町ではお妾さんを特殊な眼で見る者はなく、母も気さくに島田さんと親しく付合っていた。

島田さんは、中国大陸での戦争がはじまる少し前、上質の着物を着て私の家に来た。生れ故郷に帰るための挨拶《あいさつ》で、彼女は丁重に別れの言葉を述べ、何度も振返っては頭を下げて去っていった。

島田さんの家は四つ角の手前にあったが、四つ角を過ぎて少し行くと、左手に棟つづきの新築した二階建の家が並んでいた。

その端の家にも、お妾さんが住んでいた。

島田さんは顔が丸く浅黒かったが、その家に住む三十五、六歳の女性は、いかにもお妾さんと言うにふさわしい容姿《ようし》の女性であった。

芸者ででもあったらしく、背が高くすらりとしていて、鼻筋が通り色白であった。驚くほど顔立の似ている娘が二人いて、私の卒業した小学校に通っていた。

中学生であった私は、夏の夜、その家の前を通り、初めて檀那という人を見た。簾《すだれ》越しに檀那と母娘が、食膳《しょくぜん》をかこんで坐《すわ》っていた。檀那は、日本橋あたりの大きな商店の店主とでも言った感じの男で、肥えた体をしていた。短く刈った頭髪は白く、金ぶちの眼鏡をかけ、ちぢみのシャツにステテコ姿でビールを飲んでいた。

女は団扇《うちわ》を使って男に涼を送り、男の顔には資力のある商人らしい自信が感じられた。

私は、その家の前を通る度に、家の中に視線を走らすのが常になった。格子《こうし》の窓を通して、檀那と女が長火鉢を間に坐っているのが見え、男はいつも火鉢の左側の同じ場所にあぐらをかいていた。夜、雨戸のとざされた家の中から三味線の音がもれていることもあった。

島田さんは、かたい勤め人の妻という印象があって、お妾さんといった趣きはなかったが、その家の女は、典型的なお妾さんにみえた。のっぺりという言葉そのままに細面の顔には生活の臭《にお》いが感じられず、男もお妾さんをかこう檀那然としていた。

私は、話にきいていたお妾さんの生活が身近にあることに興味をいだき、想像をめぐらした。男は、芸者をしていた女を身請けしてかこい、女は二人の女児を産んで私の家の近くに転居してきた。男はしばしば通って来ているらしく、夕食を共にし、夜もいる。男の妻は、女の存在を知っていて半ば許しているのだろうか。

女の首は細長く、少年である私にも女の体が艶っぽく見え、男は女に強い性的な魅力をいだいているのだろう、と思った。

不思議にも女が外を歩いているのを見たことはなかったが、近くの米穀店の息子が出征する時、その姿を眼にした。彼女は、婦人会の揃《そろ》いの上張りを着て見送りの会員とともに立っていた。背が高い彼女は、会員たちの中から顔が突き出ていて、肌の白さが際立《きわだ》っていた。

戦争が激化し、町では町会単位で防空訓練が定期的におこなわれるようになった。各戸から必ず人が出て、防空責任者である元警察官の指揮で防火用水桶《おけ》から水をバケツリレーしたりする。私の家では父の会社の初老の事務員が参加していた。

訓練を受けるのは主婦と高齢の男たちで、その中に彼女もまじっていた。他の女と同じようにモンペをはき防空頭巾《ずきん》をかぶっていた。

彼女の動きは緩慢で、痛々しくさえあった。水のみたされたバケツが重いらしく、次の人に手渡すのが大儀そうで、落してしまうこともあった。訓練が一段落すると、しゃがみこんでガーゼのハンカチで汗をぬぐっていた。

その頃になっても、男の姿は見かけた。いつも和服を着ていたが、いつの間にか国民服を着るようになっていて、ソフトの帽子を改造したつばつきの帽子をかぶっていた。肥えた体がかなり痩《や》せていて、食料でも運ぶらしくリュックサックをかついで家に入るのを眼にしたこともある。

アメリカの大型爆撃機が編隊を組んで飛来し、近くの町々が夜間空襲で焼き払われるようになった。

終戦も間近い春の夜、私の住む町にも多量の焼夷弾《しょういだん》がばら撒《ま》かれ、各所から火の手があがった。

私は、町の人たちと近くの谷中《やなか》墓地に避難した。墓地の中央を貫く広い道には多くの人々がむらがり、墓所の中にも人の姿があった。

道ぞいの小さな墓所に、私は、お妾さんである女と二人の娘がしゃがんでいるのを眼にした。空は炎の反映できらびやかな朱の色に染まり、防空頭巾をかぶった彼女たちの色白の顔も薄桃色に見えた。

男の姿はなかった。空襲騒ぎで妾宅になどくる余裕はなかったのだろう。

女は、両腕に娘の肩を抱いていた。三人が互いに身を寄せ合い、娘たちは、女の肩に甘えるように顔をもたせかけている。

傍らにリュックサックと三味線の入っているらしい長い袋が置かれていた。女は、朱色の空に眼をむけている。

女と娘たちが、頼れるもののなにもない哀れな姿に感じられた。

その夜以後、私は女も娘たちも眼にしたことはなかった。墓石の傍らで身を寄せ合ってしゃがんでいた彼女たちの姿が、今でも眼に焼きついている。

梅毒

座敷は旧家特有の風格があり、良材の使われている柱も鴨居《かもい》も茶褐色の艶《つや》をおびている。当主の桜岡氏は正坐《せいざ》し、水戸市から私を車で連れてきてくれた高校教諭夫妻が、私とともに桜岡氏をかこむように坐《すわ》っていた。

私が茨城県の袋田温泉にある氏の家を訪れたのは、水戸脱藩士の関鉄之介《てつのすけ》が桜岡家に長い間潜伏していたからである。関は安政七年（万延元年）三月三日、江戸城の桜田門外で大老井伊直弼《いいなおすけ》を暗殺した、いわゆる桜田門外の変の現場指揮者で、同志の薩摩《さつま》藩士有村次左衛門《じざえもん》が井伊の首級を挙げている。

私は、関を主人公にこの事変のことを小説に書き進めていて、事変後逃亡をつづけた関が桜岡家にひそんでいたことを知り、関についての伝承を聴くためにやってきたのである。

桜岡氏は、関がひそんでいたことをしめす遺品や遺墨を出して見せてくれ、それも一段落して座敷に集り、茶を飲んだ。

「関鉄之介は、病いにかかっていましたが、それについてきいておられることがありますか」

私は、ノートをひろげてたずねた。

「ひどい吹出物が顔にも体にもあったそうです。それをいやすため、家にひいてある温泉に日に二度も三度も入ったときいています」

それは関の克明につづられた日記にも記されていて、吹出物のことは「湿瘡《しっそう》」と書いている。

「梅毒にかかっていたんですよ」

氏は、少しためらいがちに言った。

やはり、と私は思った。幕末史を研究している大学教授の発表している論文などにも、関が重症の梅毒におかされていたと記されている。

事変後、関は幕府のきびしい追及をのがれて、変名で各地を転々とした。その旅の間に娼婦《しょうふ》と交りを持ったことは容易に想像され、性病にかかっても不思議はない。

私は終戦直後、疎開《そかい》した東京近郊の町で顔や手足に潰瘍《かいよう》化したおびただしい吹出物のある屑鉄《くずてつ》商を営む男を見た。近所の男は、

「あれは梅ちゃんだよ」

と言っていたが、それは梅毒の俗称であった。

関とその男の醜い顔がかさなり合い、私は都内の閑静な住宅街に一人住いをしている高齢の女性の顔を思い浮かべていた。その女性の夫は関の孫で、数年前に病死し、同じ敷地内の別棟に長男一家が住んでいる。私は彼女のもとを何度か訪れて、未公開の関の日記を見せてもらったり借りたりしていた。

「鉄之介は、なにか病気持ちのようでした」

ふと、彼女が、視線を落しながらそんな言葉をもらしたことがある。

その困惑したような言葉と表情に、彼女が吹出物のことを耳にし、梅毒であることが定説化しているのを知っている、と感じた。

関が桜岡家にひそんでいたのは、治療法のない梅毒を温泉によっていやそうとしていたとも思える。幕府の追及の手がのびて関は桜岡家からはなれて越後《えちご》へのがれるが、途中で奥那須《なす》の三斗小屋《さんどごや》温泉に身をかくし、越後の湯沢温泉の宿屋で捕吏にとらわれる。温泉から温泉へ身を移していたのは、温泉療法で治癒《ちゆ》を願っていたからなのかも知れない。

関の日記に、袋田温泉から白河（現福島県白河市）に行って北条幽林という蘭方医《らんぽうい》の治療を受けたことが記されている。その個所には北条から受けた食事の注意、処方、吹出物に針をさして膿《うみ》を排出したことなどが記されている。

梅毒の治療のために行ったことはあきらかで、私は、関の日記をコピーしたものを手に白河市に赴いた。

郷土史家に会い、その案内で北条幽林がにぎやかな町並の中で医業を開いていた場所に赴き、立派な墓も見た。かなり高名な蘭方医であったようだったが、業績についての史料は全く残されていなかった。

白河市から新幹線で帰京する車中で、私は、関の孫の夫人である上品な女性の顔を思い浮かべていた。

小説の主人公が梅毒におかされていたというのは、私にとって好ましくないことであった。そのような病気におかされていた関に読者は不快感をいだき、ことに女性の読者は悪寒《おかん》をおぼえるはずであった。しかし、それが事実であるかぎり明確に書かねばならず、避けて通るわけにはゆかない。

梅毒のことを私が書き、小説が発表されれば、夫人はどのように感じるだろう。亡夫の祖父が性病におかされていたことが広く知られ、萎縮《いしゅく》した思いになるにちがいない。

梅毒は、室町時代末期に大陸方面から流入し、たちまちのうちに蔓延《まんえん》して江戸時代にはその病いにおかされた者の数はおびただしく、感染した大名も多い。現代ではきわめて嫌忌される病気であるが、当時は半ば日常的な病いであったとさえ言える。

私がそのような弁明に似た説明を小説のなかでしても、彼女の慰めには少しもならず、それを書いた私に恨みの感慨をいだくかも知れない。

梅毒は、江戸時代に黴毒《ばいどく》、黴瘡《ばいそう》、瘡毒あるいは単に瘡《かさ》と呼ばれ、湿瘡を発するともされている。私としてみれば、湿瘡つまり疥癬《かいせん》になやまされていることを関が日記に記していることからも、その病いにおかされていたと書くべきであった。

私には、まだたしかめておかねばならぬことが残っていた。関の日記に記されている、北条幽林が関にほどこした処方がどのような意味をもつかをたしかめねばならなかった。

初めに「禁忌」として、すべての辛い食物、油気のあるもの、海魚、ゴボウ、トウナス（かぼちゃ）は食べてはならぬ、と書かれ、貝類、川魚、野菜は食べてよい、としている。薬は、煎《せん》じ薬を日に三服、丸薬を毎朝一粒ずつ服《の》むように指示している。

これだけではなにやらわからず、私は思案の末、順天堂大学の医史学研究室に足を向けた。その研究室には医史学の権威である酒井シヅ教授がおられ、尨大《ぼうだい》な史料が保管されている。

教授と向き合って坐った私は、北条幽林の処方の記された個所の日記をしめし、判断を請うた。

「それなら、後ろの机の前に坐っておられる蔵方先生におきき下さい。先生は薬学史研究の専門家ですから……」

と言って、蔵方宏昌《ひろまさ》氏を紹介してくれた。

蔵方氏は、私から日記を受取り、視線を据えていたが、

「これはミツニョウ病の療法です」

と、答えた。

「ミツニョウ病？」

「蜂蜜《はちみつ》の蜜に、小水の尿。現在の糖尿病です」

氏は、言った。

思いがけぬ言葉に、私は、梅毒ではないのですか、とたずねた。

「蜜尿病です。梅毒の療法は全くちがいます」

氏は、梅毒の療法を口にし、再び蜜尿病ですと言った。

私は深い安堵《あんど》を感じた。終戦直後に見た梅毒患者の男と同じような顔をしていると思いこんでいた関が、急に清らかな風貌《ふうぼう》をした人物に感じられた。

私は、ありがとうございます、と氏に深々と頭をさげた。

帰宅した私は、家庭医学百科辞典の糖尿病の個所を開き、関の病状を記した日記と照合した。辞典には、吹出物が出来やすくなると記され、さらに視力障害、歯槽膿漏《のうろう》を生じると書かれている。関の日記にも「眼疾」「口中腐爛《ふらん》」と記されていて、症状がすべて一致していた。

翌日、私は、夫人から借用した史料を手に関家におもむいた。庭の樹葉の緑が鮮やかであった。

夫人と向き合って坐った私は、史料を返し、

「関鉄之介が梅毒であったのではないか、という話をおききになったことがありますか」

と、たずねた。

夫人は、視線を落すと、

「なにか吹出物があったとかで、そのようなことをきいております」

と、答えた。

「梅毒じゃありません、蜜尿病つまり糖尿病です」

私は、関の日記のコピーを手に薬学史の研究家に判定を依頼して、関の病気が糖尿

病であったと確認したことを告げた。

私を見つめていた夫人は、急に少女のように胸の上で両手を組み、

「本当でございますか。鉄之介が梅毒であったときいて身の縮むような思いがしておりました。世間様に顔向けできない気持ですごして参りました」

と、眼を輝かせてはずんだ声で言った。

「本当によかったですね」

私は、不意に涙が出そうな予感がし、庭の緑に眼をむけた。

西すい
瓜か

熱湯にひたしたタオルを口のまわりにあて、その部分にブラシで石鹼《せっけん》を泡立たせた。川瀬は、安全剃刀《かみそり》を使いながら鏡に映る自分の顔を見つめた。五十歳を過ぎているとはとても思えぬ、とよく言われるが、髪に白いものがまじり、それが年を追うごとに増している。皮膚にはまだ張りが残っているが、それがいつまで保たれるか心許《こころもと》ない。

鏡に映る顔は、日によって異なる。年齢相応のものが確実に現われていると思う日もあれば、十分に若い、と気分が軽くなる日もある。

今日の鏡の中に映る顔は後者に近く、君枝に会うには好都合だ、と思った。

君枝から電話がかかってきたのは、朝の九時きっかりであった。休日でも九時には起床するのが習いで、その時刻に電話をかけてきたことに、君枝との十八年間の生活が思われた。

半年前に君枝がマンションの部屋を出て行ってから、電話をかけてきたのは二度だけであった。一度は燃えるゴミ、燃えないゴミの選別とその出し方を口にし、二度目は、クリーニングに出しておいた君枝の衣服がもどってきたら、着払いで送って欲しいという依頼であった。

「今日は、なにか御予定がありますの」

君枝の言葉遣いは丁重で、遠慮勝ちであった。

別にないと答えると、話したいことがあるので午後に会ってくれないか、と言った。

一緒に暮していた頃、都心に出た君枝と会社の近くの軽食も出すホテルの広い喫茶室で、昼食をとることが多かった。川瀬は、そこに三時に行く、と答えた。

「御足労をおかけしてすみません。それではお待ちしています」

受話器を置く気配がした。

顔を洗い、タオルで拭《ぬぐ》いながら、話したいこととはなんなのだろう、と思った。君枝がマンションを出る前に離婚手続きはすませ、解約した定期預金の二分の一も君枝に渡し、それですべてが解決している。

亡父の遺した十室ほどの部屋のあるマンションが彼女の名儀になっていて、その賃貸料で生活になんの不自由もない。金銭に対する執着心は薄い性格で、それに関する話とは思えなかった。

見当はつかなかったが、君枝と会うかぎり、小ざっぱりとした姿で会いたいと思った。

君枝が去ってからの一人暮しの侘《わび》しさは想像をはるかに越えたもので、なにからなにまで自分でやらねばならぬことに辟易《へきえき》した。あらためて君枝の存在が大きなものであるのを感じたが、かれは小まめに部屋を掃除し、朝はハムエッグを作ったりしてパンとコーヒーで食事をとり、出勤する。

君枝には、一人住いをしていても少しも薄汚れた生活をしていないことをしめしたかった。

かれは、鏡の前で気に入っているポロシャツを着、タウンウェアを身につけて部屋の外に出た。

君枝は、喫茶室の庭に面した席に坐《すわ》っていた。席の傍らは一面ガラス張りになっていて、庭の築山《つきやま》から小さな滝が落ち、池に錦鯉《にしきごい》が泳いでいるのが見える。

近づくと君枝が顔をあげ、川瀬は、テーブルをはさんだ席に腰をおろした。

「元気そうですね」

君枝が、にこやかな表情で言った。

「まあ、なんとかやっていますよ」

かれは、自然に君枝にならって他人行儀の口調で答え、近寄ってきたウエイトレスにコーヒーを頼んだ。

紫色の花模様の散った白いワンピースを着た君枝は、真珠のネックレスとイヤリングをつけている。真珠は君枝の誕生石で、それらはかれが結婚記念日に贈ったものであった。

君枝は、別れた時より肉づきがよくなっていて若々しくみえる。色白の肌に口許の小さな黒子《ほくろ》が鮮やかであった。

「だれか良い人ができました？」

君枝が、コーヒーのカップを手にうかがうような眼をした。

「そんなもの、作る気もない」

かれは、カップに口をつけ、

「そっちはどうなんです」

と、たずねた。

君枝はすぐには答えず、少し視線を落すと、しばらく口をつぐんでから、

「そのことで、お話したいことがあるんです」

と、言った。

なんだ、そんな話か、と思った。正式に離婚しているのだから、再婚は自由であり、自分に話す必要などない。離婚した者は、自分の方が先に再婚することに優越感をいだく心理があるのだろうか。そのようなことを伝えるため呼出した君枝がいまわしく、出向いてきた自分が愚かしく思えた。

「再婚しようがしまいが、私には関係ありませんよ。話をきいても仕方がない」

かれは、コーヒーをひと口飲み、カップを置くと庭に眼をむけた。庭への出口があるらしく、女児を連れた女が、池のほとりに立って鯉に眼をむけている。

「それが、あなたの会社の春山さんなのよ」

思いがけぬ君枝の言葉に、かれは体をかたくした。

春山は三十七、八歳で、君枝より五、六歳若い。現在は職場がちがうが、同じ部の部下であった頃には、夜、何度か他の部員とともに家に連れて来たことがある。自分にあたえられた仕事はこなすが、積極性はなく目立たぬ社員であった。

川瀬は、庭に視線をむけながら君枝の口にする言葉をきいていた。

二カ月前、春山から電話があって、会いたいと言うので駅前の喫茶店で会った。春山は便箋《びんせん》十枚ほど入った封筒を差出した。そこには以前から君枝に強く魅せられていたことが熱っぽい筆致で記され、川瀬と離婚したことを知り、結婚したいので承諾して欲しい、と書かれていた。

その後、連日のように電話がかかってきたり手紙が送られてきたりして、請われて喫茶店で数度会った。

三日前に会った時、春山は、結婚するにしても同じ会社の社員である川瀬に、今後気まずいことがないよう諒解《りようかい》を得て欲しい、と言ったという。

川瀬は、落着かなくなった。白い丸顔の、春山の無気力そうな眼を思い浮べた。かれにそのような強引さが秘められていたことが意外であり、薄気味悪くも思えた。

春山が、君枝を抱く姿を想像した。乳房のふくらみは乏しいが、刺戟《しげき》を受けると固く突き立つ乳首は桃色をしている。その乳首に春山は舌をふれさせる。

くぼんだ腰の白い肌には、口許と同じ形の黒子があり、君枝はそのあたりを強く吸われるのを好む。その下方の恥毛は薄く、柔らかい。

「体をふれ合っているのか」

かれは、君枝から視線をそらせた。

「どういう意味」

「寝たことがあるのか、というのだ」

かれは、そんなことを口にした自分に物悲しさをおぼえた。

「そんなことするわけがないでしょう。考えただけでも気味が悪いわ」

甲高い声に、川瀬は体の緊張がとけるのを感じた。

離婚にまで話が及んだのは、激しい言葉をやりとりするうちに君枝が別れると言い、かれも望むところだ、と言い返した末のことであった。それは一年前にカナダに出張したかれが、その地に住む未亡人の日本人女性と肉体交渉を持ったことが原因であった。その女からの手紙で君枝は川瀬の背信を知り、君枝は泣き喚《わめ》き、川瀬はひたすら詫《わ》びることにつとめた。

その後、女からの連絡はなく、一応君枝も平静さをとりもどしていたが、些細《ささい》な諍《いさか》いの中でそれが持ち出され、激した言葉の勢いで離婚手続きをするまでになったのだ。

かれは、君枝に眼をむけた。ワンピースに包まれた彼女の体が、この上なく好ましいものに思えた。その体は自分一人のもので、他の男になどふれさせたくはない。

春山と寝ることを考えただけでも気味が悪いという言葉は、春山と再婚する意志がないことをしめしている、と考えてもよいのだろう。

「カナダの女のことは悪いと思っている」

川瀬は、少し眼に涙がにじむのを意識した。

「それは、すんだことよ。私も忘れたわ」

君枝の光った眼が、かれに動かずむけられている。

君枝が春山から執拗《しつよう》に求婚されていることを告げたのは、川瀬を再び自分にひきもどそうとするためなのか。君枝は、さりげなくはあるが華やかに装《よそお》い、真珠のネックレスとイヤリングもつけている。君枝の策略に似た心づかいが愛らしく思え、川瀬はそれに素直に従ってみたい、と思った。

「この喫茶室では西瓜《すいか》を出すのね。注文してみます？」

たしかに西瓜を八つ切りにしたものを、ウエイトレスが盆にのせて運んでいる。

「西瓜か」

かれは、つぶやいた。西瓜が、ホテルの喫茶室には不似合な所帯じみたものに思えた。

君枝は、このまま自然に自分のマンションについてくるにちがいない。

かれは、西瓜を注文するため入口近くに立つウエイトレスに手をあげた。

読《ど》経《きよう》

父は、終戦の年の暮れに癌《がん》で死んだ。母は前年の夏に病死していて、臨終を迎えた父の病室には、私と待合の女将《おかみ》である父の愛人がいた。

車などなく、父の遺体は、空襲で両側が焦土と化しているくぼみの多い夜道を長いリヤカーに載せて家に運んだ。

父は一人息子であったので親戚《しんせき》は少く、それでも父の死後、遠い親戚との交流は残されていて、時折り縁者の死の通知が寄せられた。

二十年ほど前、兄から父の従弟《いとこ》の死がつたえられて、葬儀に出席するため兄と静岡県下の地方都市に赴いた。父の従弟はすでに七十歳をすぎ、ひいまごのいる人であった。

酒類の卸商を営んでいて、道路に面した事務所に祭壇が設けられ柩《ひつぎ》も置かれていた。張りめぐらされた幕からのぞく太い柱は、酒が浸《し》みついたように艶《つや》があった。

私は、事務所の人に案内されて廊下を進み、兄とともに広い階段をのぼった。襖《ふすま》のはずされた二間つづきの部屋に喪服を着た男や女たちが坐《すわ》り、茶を飲んでいた。私たちは部屋の入口で挨拶《あいさつ》し、長い食台の前に坐った。

喪主である故人の長男が立って来て、弔問に来てくれた礼を述べ、一人一人を紹介した。私は、部屋に集っている人が一人残らず親戚であるのを知って挨拶したが、顔すら知らぬ人が多い。幾分居心地の悪い感じがしたものの、見ず知らずの人と血縁関係にあるということが興味深くもあった。

兄が席を立って、私も見おぼえのある老齢の男のもとに行ってなにか話している。私は手持ち無沙汰《ぶさた》な思いで、茶碗《ちゃわん》に手をのばしたりしていた。

後ろから声をかけられ、私は振向いた。額の禿《は》げあがった痩身《そうしん》の五十年輩の男が、姓名を告げ、

「あなたの家に一カ月ほどお世話になったことがありますが、おぼえていますか」

と、言った。

私は、曖昧《あいまい》な返事をし、うなずいた。

男は、私の両親のことを口にし、温く遇してくれて今でも感謝していると言い、頭をさげると私の傍らをはなれていった。

顔に見覚えはなかったが、姓名を反芻《はんすう》しているうちに記憶がよみがえった。

たしかにかれは三十数年前、私の家にいたことがある。当時かれは十五、六歳であった。

両親は、なぜかれが私の家に来たのか言わなかったが、その後、両親の口にする断片的な言葉から事情を察することができた。

かれは、幼い弟を死に追いやった。

商家であるかれの家に荷馬車が来て、荷をおろした。かれは電信柱にむすびつけられた馬の手綱を取り、荷台の上に弟をのせ、自らも馬車に乗った。馬車が動き出したことにかれは興奮し、手綱をあおった。馬が速度をはやめ、弟は恐れを感じて声をあげた。

かれは、なおも馬車を進め、荷台に立っていた弟が激しい揺れで顚落《てんらく》し、首を車輪にひかれ頸骨《けいこつ》をくだかれた。

その幼い子の葬儀がもよおされ、出掛けていった両親がかれを連れて家にもどってきた。常識的に考えて、少年であるかれには、弟の死が激しい衝撃となったはずで、通夜《つや》、葬儀の営まれている間、親戚や近隣の者たちの視線に身のすくむような思いであったにちがいない。

かれの親は、精神的な苦痛でかれが自ら命を断つような恐れを感じたのかも知れない。気持を少しでも落着かせるために、一時家からはなれさせようと考え、私の両親に託したにちがいなかった。

かれは私より二、三歳年上で、遊び相手に適していたが、口数は少く、いつも虚《うつ》ろな表情をしていて、私は、かれを扱いかねた。それでもコリントゲームをしたり、少年雑誌を貸してやったりした。

私の両親は、さりげなくかれに接していたが、警戒は怠らないようだった。私の兄を監視役にしていたらしく、兄にかれを活動写真を観《み》せに連れてゆかせたりした。夜は、兄とふとんを並べて寝ていた。

私が学校からもどると、かれは廊下で本を読んでいることが多かった。縁側から足をだらりと垂らせて、庭に眼をむけていることもあった。

かれがいつ私の家から姿を消したのか。恐らく学校から帰宅した時、かれがいないことに気づいたのだろう。

そんなことを思い起しながら、私はひそかに男の姿を眼で追った。男は、葬儀の世話もしているらしく喪主と短い言葉を交したり、あわただしく階下においていったりしていた。

男の不幸な歳月が、気の毒に思えた。かれの胸には、弟を死に追いやった記憶が焼きついたまま消えることはないのだろう。弟の法事が営まれる折のことを想像した。かれは、古傷を鋭く突き刺されるような思いで落着きなく時を過しているにちがいない。肉親をはじめ集った親戚の者や近隣の者たちは、かれの姿に過ぎ去った不幸な事故を重ね合わせるはずであった。

葬儀の時間が迫って、私たちは腰をあげて階下におり、葬儀社の人の指示で祭壇の脇《わき》に並んで坐った。

燈明《とうみょう》がともされ、三人の僧が姿を現わして祭壇の前に坐り、鉦《かね》が撞木《しゅもく》でたたかれて読経《どきょう》がはじまった。

その家の家族は信仰心が篤《あつ》いらしく、経文の書かれた小冊子を一人一人に配り、低い声で唱和する声が周囲に起った。

二列に並んだ会葬者が、焼香をはじめた。かれらは喪主とその家族に黙礼し、応《こた》える喪主にならって私も軽く頭をさげた。

経文を膝《ひざ》の上に置いた私は、文字を眼で追いはしたが、声をあげることはしなかった。

親族の中からひときわ高く錆《さび》のある声が湧《わ》いていた。僧かと思えるほど読経になれた淀《よど》みない声であった。

私は、ひそかにその声の方をうかがった。

かれであった。かれは経文を眼にすることもせず、木製の古びた数珠《じゅず》をかけた両掌《りょうて》を高くかかげて、一心に読経している。

私は、視線をすぐにもどした。読経なれしたその声に、かれが家で連日のように経文を唱えているのを感じた。

甲高い声は、事務的な感じがしたが、それだけにかれの堪えてきた感情がにじみ出ているように思え、息苦しくなった。

私は、かれの読経の声に包まれながら、経文に眼を落して坐っていた。

サーベル

なぜ忘れてしまったのだろう。どうしても思い出せない。

私の記憶は、コンピューター関係の会社を経営するS氏の車で地方都市の住宅街に行き、広い道路の傍らで下車した時からはじまる。

忘れたというのは、その日訪れるM氏の家の所在を、どのような方法で知ったかということである。今、改めて思い返してみても、M氏の住所を探り出すことはきわめて至難で、よくも突きとめられたものだ、と思う。

住所と氏名を知った私は、電話番号を案内係で調べてもらったが、番号の届出はされていないという。そのため、お眼にかかりたい旨《むね》を記した手紙を出した。

返事はなかなか来なかったが、やがて送られてきて、それから二、三回文通をし、その日に訪れる約束をとりつけたのである。

私について車から降りたS氏は、

「ここでお待ちしています」

と、言った。

氏は、私が特異な人物と会うことを承知していて、同席を遠慮すべきだと思っているのである。

「よろしいじゃないですか。一緒に参りましょうよ」

車を出してくれた氏を置いてゆくわけにもゆかず、むしろS氏を伴ってさりげなくM氏と会う方が好ましいと考えた。

私は、総合雑誌に明治二十四年に起った大津事件を素材にした連載小説を執筆していた。来日したロシアの皇太子ニコライが琵琶湖《びわこ》遊覧を終えて大津の町を人力車で通過中、警備の巡査津田三蔵《さんぞう》にサーベルで斬《き》りつけられ、かなりの傷を負った。幸いにも生命に別条はなかったが、政府首脳部は、強大国ロシアに対する恐れから津田の死刑を強く主張した。

しかし、裁判は法律に則して公正におこなわれ、津田に無期刑の判決を下した。津田は北海道の刑務所に送られて収監され、やがて病死した。

私がこれから訪れるのは、津田のただ一人の末裔《まつえい》であるM氏であった。M氏のもとになにか津田に関する未公開の資料があるように思え、それを眼にしたかったのである。

住所を記したメモを手に、私はS氏と細い道に入っていった。
二、三十メートル進んだ私は、左手の家の戸口にM氏の標札を見出《みいだ》した。
ブザーを押すと、ドアが開き、五十年輩の人が姿を現わし、和室に通された。

私はM氏と名刺を交換したが、氏の名刺には大手の食品会社の中間管理職の肩書きが印刷されていた。

M氏の祖母は津田の妹で、祖母以外の係累《けいるい》はなく、津田の血をひく人は氏だけなのである。

裁判記録には、祖母の夫、つまりM氏の祖父が津田に大きな精神的な影響を与えていたと記されている。が、祖父がどのような人物であるかはあきらかにされていず、私がM氏に会いたいと思ったのは、それを知りたかったからである。

M氏は、テーブルの上に資料をひろげた。

私は、それを眼にしながらノートに万年筆を走らせた。

氏の祖父は藤堂藩士で剣に長じ、禁門の変では藩命に従って紫宸殿《ししんでん》の警護にあたった。

明治五年に陸軍に入り、曹長として西南戦争に従軍し、軍功によって青色桐葉章の勲章を授与された。同じ部隊に所属して伍長《ごちょう》で西南戦争にも加わった津田は、M氏の祖父を兄のように畏敬《いけい》し、妹を嫁がせている。

以上のことをメモした私は、氏に礼を述べて資料を返し、私の持参してきた資料のコピーを差出した。

津田がニコライに斬りつけたのは、精神異常によるものだということが定説化されている。しかし、私の入手した記録中に大津病院長の野並魯吉《ろきち》の津田に対する精神鑑定書があって、そこにはこれを全面的に否定し、「全ク無病健康ナリシモノト鑑定ス」と結ばれていた。

一般の記録には「狂気故《ゆえ》に……」という表現が多出していて、末裔であるM氏にとって心おだやかであるはずはなく、私はそれを医学的に否定する正式の鑑定書が実在することを伝えたかったのである。

コピーの文字を眼で追うM氏の顔に安堵《あんど》の色がうかぶのを眼にして、私はコピーを持ってきてよかった、と思った。

私は率直に、津田の血の継承者として受けた迷惑について問うた。

氏は、淡々とした口調で話しはじめた。

津田の妹夫婦である祖父母は、事件後、大津事件のことも津田についても沈黙を守りつづけ、それは氏の父母も同様であった。天皇が京都に赴いて皇太子ニコライを見舞うほどの大事件をひき起した津田は、国賊とされ、M氏一家は血族であることを知られまいとして身をひそめて過した。

それでも、どこで住所を調べるのか研究者と称する者が訪れてきて、資料の有無を探る。氏の父は、頑《かたく》なにこれをこばみ、研究者が帰った後は鬱々《うつうつ》としていたという。

「父は、人々の記憶も時間がたつにつれてうすれ、私一代でこのようなことはなくなると言っていましたが、そうではありませんでした。父が死んだ今でも変りはありません」

端正な顔をした氏は、言った。

私も無礼な訪問者の一人で、恐縮したが、私の訪れを許容してくれたのは、氏が私の手紙の文面に警戒心をわずかながらもといたからにちがいない、と自らを慰めた。

私は、知り得た事件の内容について話し、やがて雑談となって腰をあげた。

氏は、私が制止したのに家を出ると、広い道路まで送ってくれた。私は、車の中から歩道に立つ氏に深く頭をさげた。

車は、上野市にむかった。市出身の知人から津田の墓のある寺の所在を教えてもらい、あらかじめ連絡をとっていた。

寺のつづく町に車は入り、山門の前でとまった。

私は、庫裏《くり》に行き、出てきた住職に挨拶《あいさつ》した。

住職が歩き出し、私は後について墓所に入った。

「ここが津田家の墓所で、これが津田三蔵さんの墓です」

足をとめた住職が、黒ずんだ墓石を指さした。

津田家は、代々藩医として藤堂家に仕えていた家柄であるだけに、風格のある墓が並んでいる。格式のある家の墓所と言った趣きであった。

しかし、住職の指さした墓石を眼にした私は立ちすくんだ。

まわりの墓に比べると三分の一ほどの小ささで、石も粗末なものらしく碑銘も消えている。生まれて間もなく逝《い》った幼児の墓のようであった。

その墓に、私は血縁者の心情がそのままあらわれているのを感じた。

国賊呼ばわりされていた津田に、かれらは外も歩けぬような肩身の狭さをいだき、墓も奇異としか思えぬ小さなものにした。恐らく縁者たちは、世をはばかって香華《こうげ》を供えることも控えたにちがいない。

私は、その前にしゃがみ、墓に手をふれた。津田三蔵という人が哀れで、また縁者にも同情した。

私の知るかぎり、津田の行為は国をゆるがす大事になりはしたが、自らも理解しがたい発作的な行為で、そのようなことは人間だれしもおかす可能性がある。罪は罪として無期刑の判決を受け、北海道に送られて刑務所内で死亡している。

かれは十分に罪の償いをし、その死からすでに百余年が経過している。それなのにかれ自身、あたかも身をすくめ深く頭を垂れているような小さな墓として、墓所の片隅に立っている。

私は、生花を持ってこなかったことを悔いた。墓参であるからには花をたずさえてくるべきであるのに、私には小説の主人公の墓を眼にしたいという気持のみがあって、墓に詣《もう》でる意識には欠けていた。

多くの花をその墓のまわりに置いてあげればよかった、と胸の中でつぶやきながら、私は墓を見つめていた。

寒さのきびしい日の、日帰りの旅であった。

居間にて

薄くなった水割りの入ったグラスに氷片を落し、ウイスキーを少量加えた。

グラスを手にした浦川は、テレビの画面に視線をむけた。

五年前に商事会社を定年退職後、関連会社の役員になり、それも半年前に退職した。

会社を定年でやめると、なすこともなく日を過さねばならぬ生活がむなしく、深い寂寥《せきりよう》感にとらわれるという。しかし、浦川は、出社する必要もなく自由に時間を費やせることに浮き立つような解放感をおぼえていた。

野球を観《み》るのが若い頃から好きであったが、会社勤めをしていた頃は夜おそく帰宅することが多く、プロ野球のナイターをテレビで観る機会は少かった。それが退職後は、夕食をすませ、居間の椅子《いす》に腰をおろしておもむろにテレビをつける。酒の用意もして、飲みながら画面に写し出される野球を観るが、このような夜を持つことができるのは退職したおかげで、かれはくつろいだ気分になる。

電話のベルが鳴り、手をのばして受話器をとった。妻の峰子の声が流れてきた。

一時間ほど前、峰子が電話をかけてきて伯父の死を告げた。

伯父は二カ月前、心筋梗塞《こうそく》で自宅で倒れ、救急車で病院に運ばれた。八十九歳という高齢なので死が予測されたが、体が強靱《きょうじん》で程なく快方にむかい、病院の外を散歩するまでになった。しかし、再び発作を起し、正午すぎに峰子が病院に行った折には息を引取っていた。

「あと半月で九十歳だったのですから、鶴雄《つるお》兄さん夫妻も大往生だと言っているわ」

峰子は、少し沈んだ声で言った。鶴雄は伯父の長男で、小さな医療機器の会社を経営している。

再び電話をかけてきたのは通夜《つや》、葬儀の予定を報《しら》せるためにちがいない、と思った。

浦川は伯父の危篤《きとく》の連絡があった時に病院へ行くつもりであったが、峰子は通夜、葬儀に出てくれれば十分だ、と言って出掛けて行った。

「今、鶴雄兄さんたちと話し合っているんですけれどね。伯父さんが死んだことを伯母さんに話してよいものかどうか、あなたの意見をきいて欲しいと言うのよ」

浦川は、峰子の言葉の意味をすぐに理解できた。

伯父より三歳下の伯母は、二年前の春に脳卒中におかされ、経過が良くなってからリハビリにつとめていたが、浴室でころんで足を骨折し、その後寝たり起きたりの生活をしている。

　鶴雄夫婦や峰子が気づかっているのは、伯父の死を告げた折に伯母が強い衝撃を受けることで、そのために病状が悪化し、最悪の場合は死に見舞われるかも知れない。伯父と伯母は新潟県下の同じ町に生れ、当時としては珍しい恋愛結婚で、それは浦川も伯父夫婦からきかされている。

　伯父は気性が激しいが、伯母はおだやかな人柄で、相反した性格がむしろ好ましい組み合わせであったらしく仲睦《なかむつま》じく過していた。

「話さぬと言っても、これから通夜、葬儀とあるのだから、伯母さんにかくし通すのは並大抵ではないぞ」

「それを鶴雄兄さんも言うのよ。伯母さんがぼけていればいいけど、頭がはっきりしているんですものね」

　峰子は、困惑したように言った。

　伯母は、伯父が再び発作を起して救急車で病院に運ばれたことはむろん知っているはずだし、或《あ》る程度は高齢の夫の死を覚悟しているだろう。

　伯母に気づかれぬように通夜、葬儀を自宅以外の場所で営むとしても、家族や親戚《しんせき》の者たちの気配で夫が死んだことを察知するだろう。かくし通すとしたら、喪服を身につけているのを見られぬようにつとめたり、親族その他が伯母に悔みを述べるのをあらかじめ制止したりしなければならない。

そのようなことが十分に果せるはずはなく、率直に死を告げ、共に悲しみをわかち合うべきではないのか。伯母を車椅子に乗せ、通夜、葬儀にも出席させて、しめやかに伯父の死を見送らせるのが自然と言える。

「私は、言うべきだと思うよ。伯母さんの身とすれば、長い間一緒にすごしてきた夫の死を知らずにいるというのは、哀れだよ」

浦川は、しんみりした口調で言った。

「たぶんあなたはそう言うと思っていたわ。実は私たちも、かくし通すことはできないという話になっていたの。でも、一応あなたの考えもきいておきたいと思って……」

峰子は、霊安室におかれている伯父の遺体をこれから自宅に運ぶ、と言って電話を切った。

浦川は、再びグラスを手にテレビに眼をむけた。打者が三振して、画面に自動車会社のコマーシャルが写し出されていた。

明日の夜は通夜なのだろうし、午後、早目に峰子とともに出掛けてゆかねばならない。他に用事はなく、通夜のにぎわいの中に身を置くことが楽しくも思えた。

かれは、椅子に背をもたせてグラスを傾けた。

マンションのドアのチャイムが鳴ったのは十一時近くで、浦川は立つと、ドアの鍵《かぎ》をはずした。

峰子が、疲れたように居間に入ってくると椅子に坐《すわ》り、置時計に眼をむけ、

「もうこんな時間なのね」

と、言った。

テレビにはニュース番組が写し出されていて、かれはリモコンのボタンを押して電源を切った。

「どうだった。伯母さんに伯父さんが死んだことを言ったんだろう」

かれは、氷を補給するために冷蔵庫の扉をあけ、氷片をすくってアイスペールに入れた。

「言ったわよ」

峰子が、低い声で答えた。

かれは、椅子にもどり、グラスに氷片を入れた。

「どんな具合だった」

伯母に伯父の死を告げるようにすすめはしたが、病いにおかされ高齢でもある伯母のことが気がかりであった。

峰子は、両手を膝《ひざ》の間にだらりと垂らし、顔を伏した。そのような姿勢をとる妻の姿を眼にしたのは初めてであった。

「どうした」

告げたことが悪い結果をうんだらしい、と思った。

峰子の姿勢は、落胆の深さをしめしていて、もしかすると伯母は、最悪の状態におちいったのかも知れない。峰子が顔をあげ、椅子に背をもたせて足をのばした。自堕落な女のような仕種《しぐさ》で、眼に投げやりな色が浮んでいる。

かれは、グラスを手にすることもせず妻の顔を見つめた。

「鶴雄兄さんが話したらね。伯母さんがふとんをかぶって、そのふとんがふるえているのよ。困ったわ、どうしようかと思って……」

峰子は、深く息をつくと、かれに眼をむけた。

「兄さんがね、ふとんに手を置いて伯母さんを慰め、ふとんをまくったのよ。泣いているとばかり思っていたのに、伯母さんは笑っているのよ。体をふるわせて……」

眼に戸惑いの色が浮んでいる。

浦川は妻の顔に視線を据えた。笑っていたということを、どのように解釈してよいのかわからない。激しい悲嘆が、時には笑いとなってあらわれるのか。

「気が狂ったのかと思ったわよ。眼に涙まで浮かべて笑っているのですもの。それで兄さんが、どうしたんだ、母さん、と伯母さんの体をゆすったのよ。そうしたら、伯母さん、なんて言ったと思う？」

浦川は、自分にむけられた妻の眼に恐れに似たものを感じた。射ぬくような鋭い光をおびた眼であった。

「伯母さんはね、伯父さんより一日も長く生きていたかった、と言うのよ。これまで伯父さんの身勝手なわがままに堪えに堪えて来たけれど、これでようやくのびのびと生きてゆけるって。それから長い間泣いていたわ」

峰子は再び深い息をつき、視線をそらせた。

伯父と伯母は仲睦じく見えたが、それは伯母が何ごとにもさからわず従順にしたがってきたからなのか。伯母は絶えずにこやかな表情をしていて、伯父の言葉にはい、はいと応じていた。それは苦渋にみちた忍従の日々であったのか。

「ともかく疲れたわ。私、お風呂《ふろ》に入る」

峰子が立ち上り、着がえをするらしく隣室に入っていった。

伯母の気持を峰子は、よくわかると思っているのだろう。おそらく明日伯母のもとに行った峰子は、優しい言葉をかけるにちがいない。

自分と峰子の夫婦生活が思われた。自らの意を通すため荒々しい言葉を浴びせかけたことは数知れないが、その度に峰子は激しく反撥《はんぱつ》し、怒って実家に帰ったこともある。伯父夫婦の形と自分たちのそれとは異なる。自分が死を迎えた時、妻は、たとえ短期間ではあっても悲しみにひたってくれるにちがいない。

かれは、グラスにウイスキーを注ぎ、水を加えた。

浴室から峰子が体に湯をかけているらしい音がきこえていた。

刑事部屋

遠く過ぎ去った年の冬のことだ。

大学を中退後、結婚した私は、池袋の駅に近い六畳、三畳二間のアパートに住み、紡績工場を経営する兄の会社に勤めていた。会社では原毛をオーストラリアから輸入していたが、太糸物に国産羊毛を使っていたので、私はその買付に東北地方へしばしば出張していた。

その日も、山形県内での買付をすませ、夜行列車で帰京した。アパートの部屋のドアをノックすると、妻が顔を見せ、私は部屋に入った。妻は朝食の仕度をしていて、せまい厨房《ちゅうぼう》のガス台の上には炊飯の小さな釜《かま》がのせられ、湯気がふき出ていた。

私は、外套《がいとう》を脱ぎ、食卓の前に坐《すわ》った。

「昨日の午後、刑事さんが二人来ましてね」

妻は、野菜を庖丁《ほうちょう》できざみながら言った。

私は、妻の背に眼をむけた。

「日比野さんの家に二人組の強盗が入って、それについてあなたに聴きたいことがある、と言って来たのよ」

日比野は、私の大学時代の友人で共に文芸部にぞくし、家業は質屋であった。地主でもあるかれの家には大きな土蔵があり、空襲で焼けた跡地に家を新築していて、賊は金目のものがあると眼をつけ、忍び込んだのか。

しかし、そのことで私になにを聴きたいというのだろう。

「一昨日の夜、あなたはどうしていたと聴くので会社の出張で山形へ行きました、と答えたら、ああそう、と言っていたけれど。いずれにしても、あなたが帰ったらすぐに署に来てくれと言って……」

妻は、流し台の前をはなれると、茶簞笥《ちゃだんす》の引出しから名刺を出し、私の前に置いた。名刺には下町の警察署名と署員の名が印刷されていた。

米飯が炊《た》けて、妻が食卓に食器を並べ、私は妻とむかい合って箸《はし》をとった。

「部屋の中をじろじろ見まわしたりして、薄気味悪かったわ」

妻は、顔を少ししかめた。

会社には羊毛の買付契約書を提出し、代金の支払方法も伝えなければならない。なにを聴こうというのかわからないが、一応出社し、仕事をすませてから警察署に行こう、と思った。

食事を終えた私は、部屋を出ると駅にむかった。いつもの出勤時刻より幾分おくれていた。

兄の会社は隅田川を越えた地にあり、私は工場の門を入ると、事務所に行った。

私は、原料担当の五十年輩の社員に買付契約書を渡し、羊毛集荷業者との間で約束した代金支払方法について打合わせた。

事務所に兄が入ってきて、大きな机の前に坐った。

私は、兄の前に立ち、羊毛買付の結果を報告し、ついで警察署に出頭しなければならない事情を口にした。

「刑事がね、なんなのだろう。まあ、いずれにしてもすぐに行ったらいい」

兄は、首をかしげた。

私は、会社を出ると、電車に乗った。電車は隅田川にかかった鉄橋を渡り、家屋の密集した町の中に入っていった。

駅に降りた私は、駅員に警察署の所在をたずね、駅前の商店街の道に入っていった。

警察署が、隣接している日比野の住む町も管轄《かんかつ》下においているのを知った。

警察署は、古びたコンクリート作りの建物だった。

短い石段を登って署内に入ると、カウンターがあり、私は、机の前に坐っている制服姿の若い署員に用件を告げ、アパートに来たという刑事の名刺を出した。

署員は立ち上って奥の方に入って行き、すぐにもどってくると、

「こちらへ……」

と、私をうながした。

私は、カウンターのはずれから板敷きの床にあがり、署員の後について一室に入った。殺風景な部屋で、窓ガラスには鉄格子《てつごうし》がはまり、中央に炭火の熾《おこ》った陶器製の大きな火鉢が置かれていた。

署員が去り、私が立っていると、体格の良いグレーの背広を着た男が入ってきて、火鉢の傍らに置かれた丸椅子に坐り、私に椅子に坐るよううながした。

つづいて入ってきた眼鏡をかけた神経質そうな長身の男が、部屋の隅にある机の前の椅子に横坐りに坐った。

男が、机に置いた紙に視線を走らせながら、東北訛《なま》りの言葉で質問をはじめた。

一昨日の夜はどこにいたのか。夜行列車に乗っていた、と私が答えると、上野何時発の列車か、行先は？　と口早やにたずねる。

さらに刑事は、私に眼をむけると、日比野と親しくしていて、よく二階の部屋に泊ったそうだね？　と言い、何度ぐらい？　最近泊ったのは？　とたたみかけるように質問する。

「一昨日の夜は？」

と、男は再び言い、

「ですから、夜行列車で……」

私が答えると、男は、少しの間黙っていたが、鉛筆を置いて私に体をむけ、署に呼んだ事情を説明した。

二人組の賊は、二階の和室の雨戸から侵入し、階下に降りて日比野の父、弟二人、妹を全員縛り上げ、金品を奪って夜明け前に玄関から逃げた。

通報を受けた刑事が急行し、家の内部を調べ、家族から事情聴取をした。

日比野の父たちは、賊が覆面をしていたと言い、縛り上げられていたかれらは、恐怖で顔をあげられず、特長らしきものを答えることはできなかった。その中で、日比野のすぐ下の弟が、賊の一人のズボンが兄のはいているズボンと酷似していたと答えた。

それが唯一《ゆいいつ》の証言で、刑事の推理は思わぬ方向に動いた。二階には日比野が寝ていたが、二人の賊が侵入してきたのに少しも気づかず、階下で家族が縛り上げられていたことも知らなかったのは不自然だ、と考えた。

その頃、家族の一人が強盗を装《よそお》って自分の家の金を奪うという事件がいくつか起っていて、刑事たちはそれに類するものではないか、と推測した。

日比野を訪れてきた友人が、そのまま二階に泊ることが多いという話を家族からきいた刑事たちは、日比野が友人とはかって強盗をくわだてたのではないか、と考えた。

「あんたたちは、文学をやっているそうだな。日比野の父親は、息子がなにやらわけのわからんことをやっている、と嘆いていた。そんなことをしているから疑いをかけられるんだ」

男は、鋭い眼をむけた。

火鉢の傍らに坐る大柄な刑事は、終始無言で、火箸で灰をいじったりしている。火鉢のふちに足をのせるのが癖らしく、ズボンの裾にかなりの焼け焦《こ》げの跡がある。顔はたるみ服の着方もだらけていて、無頓着《むとんちゃく》な性格のようであった。が、このような男が力強く容疑者を押え込むのだろう、と思った。

火箸を手にしたその刑事が、私に不熱心な眼をむけると、

「あんないいかあちゃんがいるんじゃ、悪いことはしないよな」

と、つぶやくように言った。

それが結論であったらしく、机の前の男が、

「御苦労さんだったな。一応職務柄調べることは調べなくてはならないしな。帰っていいよ」

と、言った。

私は立ち上り、頭をさげて部屋を出た。

警察署の外には、冬のやわらいだ陽光がひろがっていて、私は駅の方へ歩いた。

それから五日ほどした夜、少しやつれた顔の日比野がアパートの部屋にやってきた。嫌疑がとけず留置されたまま執拗《しつよう》に訊問《じんもん》が繰返されたが、昨夜、同じように質店に二人組の賊が侵入し、警戒中の刑事に逮捕され、日比野の家にも忍び込んだことを自供したという。

日比野は、迷惑をかけたと繰返し言い、私同様、警察署に出頭を命じられた他の友人が、家族に恥しい思いをしたと憤《いきどお》り、自分の名を出した日比野に絶交を伝えてきたという。

「刑事は疑うのが商売なんだから、仕方がないさ」

私は、かれを慰めた。

あんないいかあちゃんがいるんだから、と言った刑事の言葉が胸に浮びあがった。署に呼び出されて帰宅した夜、私がそれを妻に告げると、

「いいかあちゃんだなんて、いやね」

と、妻は顔をしかめて笑った。

それを日比野にも言おうと思ったが、ためらいの気持が強く黙っていた。

日比野は、何度も詫《わ》びの言葉を述べて帰っていった。

私は、妻と向き合って茶を飲んだ。妻が子をみごもっていることを口にしたのは、数日前の夜であった。

自殺——獣医（その一）

おそい朝食を一人でとると、磯貝《いそがい》は、コーヒーカップを手に二階の居間に行き、ソファーに腰をおろした。窓から見える空は、秋晴れと言うにふさわしく青く澄んでいる。

コーヒーを飲みながら壁にかけられた額入りの自分の撮った写真を見まわし、このような日には越後《えちご》の山にでも行ってカメラをかまえてみたい、と思った。

その日、枕《まくら》もとの電話のベルに眼をさましたのは午前六時少し前で、かけてきたのは大学の工学部の教授であった。教授は、うろたえきった口調で犬の異常を口にし、

「朝早く申訳ありませんが、往診していただけませんか」

と、言った。

教授には子がなく、飼っている柴犬《しばいぬ》を夫人とともに可愛《かわい》がっている。しわがれた声に、教授が夜一睡もせず、犬を見守っていたのを感じた。

磯貝は承諾し、車で出掛けた。

教授は眼を血走らせていて、元気だった犬が、昨夜、突然嘔吐《おうと》して一晩中苦しみつづけ、明け方に血尿を垂らしたので驚き、磯貝のもとに電話をしたのだ、と言った。夫人は涙ぐんで、息を喘《あえ》がせ横たわっている犬をさすっていた。

磯貝は、検査をしてみると言って犬を抱き、車に乗せて医院にもどると、すぐに採血し検査した。尿素窒素、クレアチニン、カリウムなどが異常なほど多く血液にふくまれていて、犬の症状を教授からきいた時察したように、急性腎不全《じんふぜん》にちがいなかった。

かれは、教授の家に電話をかけて病名を伝え、

「危険な症状ですが、出来るかぎりのことはしてみます」

と、言った。

かれは、犬にソリタT4液の点滴をほどこしたが、死は時間の問題に思えた。犬は昏睡《こんすい》状態になっていて、すでに苦しむことはなくなっていた。

内線電話のブザーが鳴り、

「保坂さんが、ワンちゃんを連れて来ています」

という助手の声がした。

保坂は近くに住む旧家の当主で、大企業の石油会社に勤務し、部長職を最後に定年

退職している。飼っている犬は、磯貝が世話した牝《めす》のヨークシャーテリアであった。

かれは、飲み終えたコーヒーカップを手に階下に降りると、食卓に置き、白衣をまとって診療室に入った。

助手がドアの外に声をかけると、薄手のセーターを着た長身の保坂が、朱色のリードにつながれた犬を連れて入ってきた。

「どうしました」

磯貝は犬に眼をむけながら、椅子《いす》に坐《すわ》った保坂にたずねた。

「やはり、どうも元気がなくて」

保坂が、気づかわしげに犬に眼をむけた。

一カ月前、保坂は同じように元気がなくて、と言って犬を連れてきた。犬の日常生活を保坂からきいたが、疾患があるとは思えず、聴診器をあてても異状はない。食欲がないという話に、胃腸の働きをよくするプリペラン液の注射を打っただけであった。

磯貝は、助手から渡されたカルテに視線を走らせ、犬のかたわらにしゃがむと、

「クッキー、どうした」

と、犬の頭をなぜ、聴診器を体にふれさせた。

かれは、胸部に入念に聴診器をあてた。呼吸のたびに、一カ月前にはしなかった濁

音がきこえる。

椅子に坐り直したかれは、それを保坂に告げ、少し黙って犬を見つめた。肺臓の異常音は、風邪などによって起っているとは思えない。

「レントゲンをとってみますか」

かれは、保坂に顔をむけた。

「そうして下さい」

保坂が、答えた。

助手がX線撮影の準備をし、犬を抱き上げると、検査台の上に脇腹《わきばら》を下にして横たえた。犬は不安そうな眼をしているが、動かずにじっとしている。

磯貝は、撮影器のシャッターボタンに指をあて、犬の腹部を見つめながら最大呼吸時をねらってボタンを押した。

ついで、助手が犬を仰向《あおむ》けにし、磯貝は再び撮影した。

「はい、終ったよ。大人しくいい子だったね」

磯貝は犬を抱き上げ、椅子に坐っている保坂のかたわらに置いた。

助手が、フィルムのカセットを手に暗室に入っていった。そこには自動現像器があって、レントゲン撮影されたフィルムがローラーを伝って現像液から定着液の中に入り自動的に出てくる。

「レントゲンの結果は、午後にお報《しら》せします。一時から三時半までは手術がありますので、それが終った頃に来て下さい」

磯貝が言うと、保坂は、わかりました、と答え、犬を連れて出て行った。

それから犬や猫を連れた男や女が訪れてきて、かれは助手とともに診療し、午後は、足を骨折した犬と腹膜炎を起した猫の手術をした。いずれも平癒《へいゆ》が期待できる状態だった。

三時すぎに手術を終えた磯貝は、保坂の飼い犬のレントゲン撮影をしたフィルムを助手に持ってこさせ、シャーカステンにさし込んだ。

電光に明るんだフィルムを丹念にしばらくの間見つめていた磯貝は、

「珍しい。肺癌《はいがん》だよ」

と、のぞき込んでいる助手に言った。

左肺に五円玉ほどの大きさの白い球状の影がくっきりと浮び出ている。形状からみて癌に相違なかった。

かれは、珍しいと言った意味を助手に説明した。犬の肺癌は他から転移したものが大半で、原発癌はきわめて少い。剖見で眼にすることはあっても検査で発見する例は稀《まれ》で、アメリカの学会誌に十万匹に五匹の割合いだと記されていたのを読んだことがある。三十年前に開業した磯貝も、原発性の肺癌を検査で発見したのは一例だけであった。

磯貝は、白い影を指さして癌であることを助手に説明し、よく見ておくように、と言った。

看護婦がドアをあけ、保坂が犬を連れて入ってきた。

「早すぎましたか」

保坂が、椅子に坐りながら言った。

「いえ。今、フィルムを見ていたところです」

磯貝は、細い棒を手にして肺臓に浮び出ている癌の像をさし示した。

「肺癌ですね。肺癌はほとんどが他から転移したものですが、肺そのものに最初に癌ができるのはきわめて珍しい」

かれは、再び珍しいという言葉を口にした。

「癌ですか」

保坂が、深く息をついた。

癌は、肺臓の四分の一ぐらいの大きさで、摘出しても生きつづけることは期待できない。

「毎日、散歩させていますが、呼吸が苦しい様子もないのに……」

保坂が、落胆したようにかたわらに坐る犬を見下した。

犬は、磯貝に眼をむけている。

「今すぐにというわけではありませんが、いずれは死ぬと覚悟して下さい。これから呼吸が困難になってきますが、見ているのが辛《つら》いほど苦しがるようになった時に安楽死させるかどうか、考えましょう。ともかく、犬の様子を注意していて下さい」

磯貝は、犬に眼をむけながら言った。

「そうですか、わかりました」

保坂は立上り、礼を言って犬とともにドアの外に出ていった。

「教授のワンちゃんの具合は？」

磯貝は、思いついたように助手に声をかけた。

「心搏《しんぱく》が意外に強く、まだ呼吸をしています」

助手が答え、隣接した入院室に入っていった。

客の訪れはなく、かれは二階の居間にあがり、ソファーに横になった。

妻は、福岡に嫁いでいる娘のもとに行っていて、明日の夕方、三歳になった孫を連れた娘とともに帰ってくる。孫には一年近く会うことはなく、電話で幼い声をきいているだけで、家に来たらさかんに写真をとろう、と思った。

窓からみえる空は、茜色《あかねいろ》に染っている。いつの間にかかれは、まどろんでいた。

内線電話のブザーの音に眼を開けたかれは、部屋が薄暗くなっているのに気づいた。助手が、保坂が来ている、と言った。

磯貝は、身を起すと階段を降り、診療室に入った。

保坂が、ドアのかたわらに立っていた。犬は連れていなかった。

「犬が死にました」

保坂の顔には、血の気が失われていた。

「死んだ？　おかしいですね。どうしたんでしょう」

磯貝は、保坂の顔を見つめた。急変するような状態ではなく、少くとも一年近くは生きていると予測していた。

「車にはねられまして」

保坂は、うわずった声で言った。

磯貝は、呆気《あっけ》にとられ、保坂の話をきいていた。

犬を連れて家にもどると、十分ほどして突然、犬が家の外に走り出た。家の前にはトラックなどがしきりに往《ゆ》き来する広い道が通っていて、犬は疾走してきた車の前に走り込み、はねられ、即死したという。

「あの犬は座敷で飼っていまして、戸が開いていても決して外に出るようなことはしなかったのです。それなのに、驚くような速さで飛び出して」

保坂の眼は、動かない。

磯貝は、立ったまま保坂の顔を見つめていた。

保坂が、口を開いた。

「家内が、まるで自殺したようだ、と言うのです。先生が私に肺癌でいずれ死ぬだろうと言ったのを犬がきいていて、絶望して死んだのではないか、と」

磯貝は、椅子に腰をおろし、保坂に顔をむけると、

「ワンちゃんが人の言葉を理解できるはずはありません。しかし、私と保坂さんの言葉の様子や表情を見て、不吉なものを感じたことは想像できます」

と、言った。

保坂は、うなずいた。

決して家の外に出ることのなかった犬が、家にもどってすぐに飛び出し、車にはねられたというのは、自分が診断結果を犬の前で口にしたから、としか思えない。

かれは、症状を説明する自分の顔を見つめていたヨークシャーテリアの光った眼を思い起した。

犬の前で重病であることを口にするのは、控えるべきであったのか。言葉を理解できぬ犬でも、敏感に事情を察知したのかも知れない。

「やはり自殺なのでしょうかね」

保坂が、弱々しい口調で言った。

磯貝は、無言で椅子に坐っていた。

心　中——獣医（その二）

テレビの画面に、百名山の一つと言われている山が写し出されている。カメラは、山道を登ってゆく男の山岳家の後ろ姿を追っている。

磯貝《いそがい》は、その番組を観《み》るのが好きで、いつも缶入りのビールを飲みながら眺めるのを習いにしている。

むろん山岳の風光を眼にしたいからなのだが、かれは山岳家の足の動きに視線を据えていた。何気ない足取りだが、登山靴は、山道のそこしか適した部分はないと思える土や石の上を着実にふみつづけている。ぐらつきそうな大きな石の上は決してふまず、地表にのぞいた岩も、角の部分は避けて上部の平たい部分に靴をのせる。

登山家は、右に左に体の向きを変えて登ってゆく。少しも疲れることがないような一定した足取りで、それは男が山歩きに熟練しているのをしめしている。

山歩きをして写真をとるのが、磯貝の唯一《ゆいいつ》の趣味で、休診日には時折り出掛ける。診療の関係から一泊を限度としているので遠出はできないが、それでもかれは満足だった。可憐《かれん》な高山植物にカメラのレンズをむける時など、仕事のことは一切忘れる。

遠くパトカーのサイレンの音がきこえ、近づいてくる。家の前には隣接県に通じる街道が通っていて、かれは交通事故でも起きたのだろう、と思った。

サイレンの音が大きくなり、不意にやんだ。

パトカーが医院の前にとまった気配を感じたかれは、テレビの画面から視線をはずした。

医院のブザーが、二度つづけて鳴った。

かれは、ソファーから腰をあげて階段を降り、診療室との間のドアをぬけて待合室に入った。街道に面した曇りガラスに、きらびやかな朱色の光がひらめいているのが、映っている。

ドアをあけると、パトカーがとまり、眼鏡をかけた大柄な警察官が立っているのが見えた。警察官が挙手し、

「心中事件が起きまして、すぐに診察していただきたいのですが……」

と、口早やに言った。

呆気《あっけ》にとられた磯貝は、思わず頰をゆるめ、

「私の所は、犬猫医院ですよ。看板をよく見て下さい」

と言って、上方に突き出ている看板を指さした。

看板には、いそがい犬猫医院という文字が電光に浮き出ている。一般の医院とまちがった警察官が、余りにも軽率すぎるように思えた。

「いえ、心中の一方は犬で、出刃包丁で刺されています。まだ息がありますので、治療をしていただきたいのです」

警察官は、張りのある声で言った。

磯貝は、一瞬、頭が混乱するのをおぼえた。心中の一方が犬だというのは、どういう意味か。ききまちがえではないか、と思った。

「犬が心中なのですか」

磯貝は、警察官の顔をのぞきこむように見つめた。

「そうなのです。巻きぞえになったのです」

警察官は、簡潔に事情を説明した。

一一〇番通報があって、警察官が平屋建ての家にパトカーで急行し、所轄《しょかつ》の警察署からも署員が出向いた。

その家は五十二歳の女が一人で暮していて、飼い犬の異様な鳴き声に隣家の者が家の中をのぞき込んでみると、女は頸部《けいぶ》を刃物で切って倒れ、かたわらに血まみれになった犬が横たわっていた。それで一一〇番に通報したのだが、外部から人の入った気配はなく、あきらかに女が犬を刺した後、自殺をはかったと推定された。犬の首環につながれた太い紐《ひも》は、女の体に巻きつけられていたという。

車の中にいた警察官が、血に染ったバスタオルに包んだ犬を抱いてきた。茶色のダックスフンドであった。

磯貝は、釈然としないながらもドアをあけて警察官をうながし、診療室へ入った。部屋の隅に、なにごとかと思って出てきたらしい妻が立っていた。

かれは、警察官に犬を診察台に置くよう指示し、素速く白衣を身につけた。犬は眼を大きく開けているが、弱々しい表情をし、体をふるわせている。

診察台のかたわらに立ったかれは、タオルを除いた。胸部に刺された痕《あと》があり、呼吸のたびにその部分から泡立った血が音を立てて出ている。肺臓が破れていることはあきらかだった。

緊急に手術をしなければ、と思ったかれは、妻に声をかけ、妻が渡してくれた注射器で軽い鎮静剤を注射した。ついで犬の口から気管にチューブを挿入し、酸素とともに麻酔剤を肺の中に送りこんだ。

麻酔がきいてきたらしく、犬の眼はうつろになった。

「それでは、よろしくお願いします」

警察官が挙手し、連れ立って診療室の外に出ていった。

磯貝は、犬の胸と脇腹《わきばら》の毛を刈り、消毒薬を塗った。音を立てて噴き出る血と泡が、無影燈《むえいとう》の光に鮮やかであった。

有窓布をかけ、肋骨《ろっこつ》の間を切り開くと、切れた肺臓が見えた。

かれは、すばやく肺臓の切られた部分を縫合糸でとざし、さらに裂けた横隔膜も縫い合わせた。ついで胸腔《きょうこう》の中にチューブをとどめて三方活栓をつけ、皮膚を縫合した。

それで手術は終り、念のため三方活栓で胸腔内の空気の漏れと出血の有無をたしかめた。

かれは、犬の麻酔を停め、酸素吸入だけにした。

しばらくすると、犬の耳が動き、眼をうっすらと開いた。

これで死ぬことはない、と思うと、急に疲労感が湧《わ》いてきた。

かれは、助手をつとめてくれた妻に声をかけ、ゆっくりと白衣を脱いだ。

「御苦労さん」

翌朝、犬は復調しているようなので点滴セットをはずし、ケージの中に入れた。

正午すぎに前夜来た二人の警察官が、非番になったので、と言って訪れてきた。

磯貝が、手術で命に別条はなくなったと告げてケージの中の犬を見せると、二人は喜び、犬に声をかけたりしていた。

「犬の飼主の方は、どうなりました」

磯貝は、たずねた。

「キスイでした」

警察官の一人が、答えた。

未遂の反義語として既遂という言葉があるのに気づいた磯貝は、無言でうなずいた。

不安が胸に湧いた。一人暮しであった女が死ねば、犬は取り残されたことになる。

数年前、マルチーズを二匹、食欲不振であずかったが、飼主が借金の返済ができずに夜逃げをし、残された犬のもらい手探しに苦労した。手術をし、しかもそれが心中によるものだという犬を、もらってくれる人がいるとは思えない。

「一人暮しだったそうですが、御家族はいないのですか。犬の引き取り手がないと困るのです」

磯貝は、顔をしかめた。

「息子さんがいます」

警察官は、会社勤めをしている独身の一人息子が、少しはなれた地の会社の寮に住んでいて、犬を磯貝の医院に運び込んだことも話してある、と言った。

磯貝は、うなずいた。

警察官たちは、何度も礼を言って帰っていった。

数日たつと、犬は恢復《かいふく》し、ケージの中で吠《ほ》え、近づくとさかんに尾をふる。可愛《かわい》がられていたらしく、甘えるような声をあげたりしていた。

十日間がすぎ、かれは再び不安になった。警察官は一人息子だという男に、磯貝の医院の住所と電話番号を教えたと言っていたが、なんの連絡もない。

なぜ、男の母親は、あたかも心中のように犬を刺した上で自ら命を断ったのか。警察官にはきかなかったが、女は病いにでもおかされ、愛していた犬を残して死ぬのがたえきれず、犬に刃物を突き立てたのか。

息子にとって、犬は自殺した母親を思い出すいまわしい存在で、引き取ることはもとより眼にするのも避けたいのではあるまいか。

磯貝は、犬と心中同様の行為をした女の気持がわからぬでもない、と思った。女は、自分と一緒に犬を埋葬してもらいたい、と考えたにちがいない。

かれも飼っていた犬が死んだ時には、しばらくの間虚脱状態におちいり、焼いた骨を布に包んで箪笥《たんす》の奥にしまい、今でも時折り出して指先でふれてみる。そのような犬を愛する者の気持をその息子は理解できず、母親の行為をただ愚かしいと考えているのではないだろうか。

かれは、憂鬱《ゆううつ》な気分になった。

息子だという青年が訪れてきたのは、手術後、半月ほどたった日の夜であった。長身の身だしなみのよい青年で、

「連絡もせず、申訳ありません」

と、深く頭をさげ、母親の司法解剖、通夜《つや》、葬儀などに日を過したと弁明した。

退院はいつ頃か、という問いに、磯貝は、犬はすっかり元気になっているので、すぐにでも連れて行ってよい、と答えた。

ケージから犬を出すと、青年は犬を抱き、頬ずりをした。

磯貝は、青年の眼に光るものがうかんでいるのを見て、かれは犬を母親の分身として可愛がるにちがいない、と思った。

「立ち入ったことをきくようですが、お母様はどこかお体がよろしくなかったのですか」

磯貝はためらいながらも、獣医とは言え医師の身としてきく必要がある、と思った。

「物が咽喉《のど》につかえるような気がすると言って、かかりつけの医師のもとに行きまし

たところ、総合病院で精密検査をするように言われました。しかし、検査は受けず、それですっかり癌《がん》と思い込んで……」

青年は、少し口もとをゆがめた。

磯貝は無言でうなずき、青年とともに診察室から待合室に入った。

青年は、会計で手術費と入院費を払い、再び頭を深くさげると犬を抱いて出ていった。

一年ほどして、青年が犬を連れて訪れてきた。犬が下痢気味だというので、診察し、薬を渡した。

犬は青年に甘えていて、その姿に青年が犬を愛して飼っているのを感じた。

磯貝は、安堵《あんど》をおぼえ、診療室から出てゆく青年の後姿を見送った。

鯉《こい》のぼり

新幹線の「ひかり号」が新丹那《たんな》トンネルをぬけ、三島駅がまたたく間に後方に過ぎた。

沿線の風景をながめていると、くつろいだ気分になるためか、過ぎ去った日々のことがその頃の日めくりを繰るように思い起される。終戦直後に肺結核の末期患者として手術を受け、それが効果があって五十年近くも生きているのを不思議に思ったりする。

苦しく辛《つら》かったさまざまな事柄も、すべて靄《もや》に似たものに包まれて薄らぎ、体に少しの異常もなく座席に坐《すわ》っている自分を幸せに感じる。楽天的なのか、そのような気持で列車に乗っているのが楽しい。

沿線は新緑一色におおわれ、車内も薄緑に染っているような感じすらする。緑の中に鯉《こい》のぼりが見え、風が少しあるのか尾がゆらいでいる。

戦時中に、近くの家に揚げられていた鯉のぼりがよみがえった。赤、黒、桃色の三つの鯉のぼりが、つらなって屋根の上でひるがえっていた。

五月の節句が過ぎるとそれらの鯉のぼりは降されたが、揚げられている間、私の家の周辺は人声も物音も絶えたように静まり返っていた。私もその鯉のぼりを眼にするのが辛く、視線をそらせていた。

鯉のぼりが揚げられていたのは染物を業とする家で、町では紺屋《こうや》と言っていた。

太平洋上での戦争がはじまる少し前の夏、中学生であった私は、白昼、恐しい情景を眼にした。

どこへ行った帰りであったか、自転車に乗って広い道を家にむかってペダルをふんでいた時、前方にかなりの人だかりがあるのを眼にした。警察官の姿も見えて、私は自転車から降り、道の端に身を寄せた。

ガソリンを運ぶ白い大型のトラックがとまっていて、傍らの路上に飴《あめ》のように曲った子供用の自転車が倒れている。むらがった人々の血の気を失った顔に、事故が起ったのを知った。

人の群れの中から、四隅を男たちが持った戸板が出てきた。板の上には莚《むしろ》をかけられたものが載っていて、男たちは足早に近づき私の前を過ぎていった。

それに続いて、髪の白い長身の男が人々の間から出てきた。男は激しく体をそらせ、後ろに倒れるのを防ぐように両腕を警察官と中年の女がかかえている。男の足は宙をふみ、意味もわからぬわめき声をあげて近づいてくる。

私は、背筋に冷いものが走るのを感じ、眼の前を過ぎてゆく蒼白《そうはく》の男の顔を見つめていた。

事故は町の話題になり、新聞にも小さな記事になった。

トラックに轢《ひ》かれたのは、小学校に入って間もない紺屋の男の子で、医院に運ばれたがすでに息は絶えていた。

少年の父親は出征し母は病死していて、少年は祖父と二人で暮していた。私の前を、今にも後ろに倒れるのではないかと思うほど体をそらせ、戸板の後からついていった男は、祖父であった。

男は、親のいない孫を哀れに思い、小学校に入った孫に自転車を買いあたえ、それが災厄につながったことを近隣の者は知っていた。

ささやかな葬儀が営まれ、小さな柩《ひつぎ》が霊柩車《れいきゅうしゃ》に運び込まれた時、女たちの間から悲鳴に似た泣き声が起った。男の顔は白く、表情らしいものは見られなかった。

仕事をする気力も失われたのではないか、と思われたが、数日後、家の裏手にある狭い空地で染めた長い布に細竹の弦をはって天日で干している男を見た。いつものように、白髪の頭に手拭《てぬぐい》で鉢巻をしていた。

職人である男は、打ちひしがれることもなく、仕事をすることで悲しみに耐えているように見えた。家の土間に据えられた染料の液の入っている大きな桶《おけ》に、布をひたしたり揚げたりしているのも眼にした。

やがて、太平洋上での戦闘がはじまって町の空気はざわついた。男の孫の死は、人々の記憶から薄らいでいた。

年が明けて戦時色が濃くなり、四月中旬に草色の迷彩をほどこした奇妙な形の双発機が、町の上空を超低空で過ぎた。東京初空襲のアメリカ爆撃機で、隣り町の軍需工場に投弾し、黒煙が立ち昇った。

しかし、戦況が有利に進展していたこともあって町の緊迫感は淡く、遅い開花の花見に近くの上野の山へ足をむける者もいた。

その空襲があって間もなく、紺屋の屋根の上に鯉のぼりがひるがえった。

男は、孫が生れた翌年から、五月の節句に裏の空地に立てた長い柱に赤、黒、桃色の大きな鯉のぼりを毎年揚げるようになっていた。そののぼりに、初孫に恵れた男の喜びが感じられた。

屋根の上にゆらぐ鯉のぼりを眼にした私は、孫が死んだのに男が悲しみに耐えながら、なにかに挑んでいるように思えた。孫は少量の遺骨になって土中に埋められているはずだが、男は、その死を信じようとせず鯉のぼりを揚げているのか。揚げられた鯉のぼりについて、近隣の人たちがどのようなことを話し合っていたか、記憶はない。恐らく、男の深い悲しみを感じ、言い知れぬ衝撃を受けて口をつぐんでいたにちがいない。

翌年の四月下旬、私は、またも鯉のぼりが揚げられるのを眼にし、次の年も同様だった。

その年の七月にサイパン島が米軍の手に落ち、そこを基地にして十一月にはアメリカの大型爆撃機編隊が東京に飛来し、大量の爆弾を投下した。

その頃、町にまことしやかな噂《うわさ》が流れた。

爆撃機が近づくと警戒警報のサイレンが町々に鳴りひびくが、それと同時に或《あ》る家の物干台に白い衣類などがつらなって干される。それは、爆撃機に対する合図なのだという。

衣類をつらねて干すのは白いエプロンを身につけた中年の女で、爆撃機が上空にくると、ひそかに手を振っているという話も伝わってきた。

飛行機雲を曳《ひ》くような超高空を飛ぶ爆撃機から、干し物など見えるはずがないと思いはしたものの、防諜《ぼうちょう》がポスターなどでしきりに唱えられていただけに、爆撃機と連絡をとるスパイがいるのかも知れない、と思った。

私の家の近くでは、その噂を意識して警戒警報が鳴ると、干し物を取り込むのが習いになっていた。

年が明けると空襲が激化し、偵察の爆撃機が単機で上空を過ぎることも多くなった。やがて夜間空襲が本格化し、東京の町々が焼き払われ、その度に空が朱の色に染った。

春の気配がきざし、近隣の者たちは、五月の節句に紺屋の家で揚げられるだろう鯉のぼりのことをひそかに気づかっていた。それは、物干台の干し物よりはるかに目立ち、小うるさい指示をする町の防空責任者などが疑いの眼をむけるかも知れない。それに、空襲におびえた町の空気に鯉のぼりはそぐわず、不謹慎にも感じられた。

孫が死んだのに鯉のぼりを揚げつづけてきた男が、その年の節句にも揚げるような気がした。

しかし、その心配は無用のものになった。四月十三日夜、爆撃機が多量の焼夷弾《しょういだん》を投下して町は炎につつまれ、家々は焼きはらわれた。

人々はちりぢりになって去り、私も隅田川を越えた地に移り、終戦を迎えた。

沿線をながめる私の胸に、紺屋の屋根の上にひるがえっていた鯉のぼりがよみがえった。白髪の男は戦後も生きていたのか。少年の父は、復員したのだろうか。

右手に現われた富士山は、半ば以上が雲におおわれ、裾野《すその》の緑の色が見えるだけであった。

私は、ゆったりと座席に背をもたせかけ、後方にはやい速度で過ぎてゆく風景に眼をむけていた。

芸術家

新幹線の列車の窓外に灯が少しずつ増してきて、車内アナウンスが次の停車駅が近づいていることを告げた。列車が速度を落している。

進行方向に灯がひろがっていて、所々にビルの窓からもれる光も見える。

耕介は、近づいてくる灯をながめながら、はたして従妹《いとこ》の芳恵《よしえ》が岩手県下のこの都市にいるかどうか、と思った。すでに他の地に移っているような気がしてならない。

芳恵がこの都市にいるのを教えてくれたのは、芳恵の故郷である新潟県の温泉町の旅館の支配人であった。

支配人は、年に一回各地の温泉旅館をまわって設備や接客方法を調べるのを習いとしているが、今年も東北地方の温泉地を歩き、それも終えてこの都市で一泊した。夜、街に出て季節料理店に入ったかれは、思いがけずそこで働いている芳恵を眼にした。

支配人に気づいた芳恵は困惑した表情をしていたが、観念したように傍らに坐《すわ》った。

支配人が皆心配していると言うと、芳恵は、故郷へ帰る気はないが、母に元気でいることだけは伝えて欲しい、と言ったという。

支配人が他の温泉地をまわって温泉町にもどり、芳恵の母にそれを告げたのは三日前で、母を中心に親族たちが集って話し合った。

支配人の言葉通り芳恵が生きているのなら警察署に届け出なければならないが、親族としては、まず、芳恵が温泉町から姿を消した事情について知る必要がある。だれがその都市に行くべきか話し合った末、芳恵の従兄《いとこ》の耕介以外にない、ということになった。

耕介は、電力会社の保安部門に勤めていたが、定年退職して時間的な余裕がある。それにかれは、一族のさまざまな悩みごとの相談を引受けていて、かれなら芳恵から事情をきき出すことができるはずであった。

承諾した耕介は、支配人に会って芳恵の勤めている店の名と所在をきき、その日の早朝、温泉町を出た。

支配人が芳恵に会ってからすでに一週間近くがすぎていて、芳恵は、支配人に見出《みいだ》されたことを好ましくないと考え、そうそうに他の地に移ってしまっているように思える。男と暮している、と芳恵は支配人に言っていたというが、男もその都市からはなれようと芳恵をうながしたにちがいない。

列車がホームに入り、耕介はボストンバッグを手にして立ち上った。

芳恵は高校を卒業後、農協に勤め、何度か見合いをしたが縁がまとまらず、三十歳をすぎても独身であった。

同じ職場の女性がつぎつぎに結婚してゆくことに気まずさを感じた彼女は、農協をやめて父の遺産をもとでに喫茶店をひらいた。

しかし、経営はかんばしくなく、彼女は店を改装してスナックを開いた。明るい性格の彼女は、客と冗談を交し、美声でもあって歌がうまく、店は繁昌《はんじょう》した。

地元の者だけではなく、温泉旅館の泊り客も連れ立って入ってくるようにもなり、芳恵はバーテンと若い女を雇い、店は連夜にぎわった。

四十歳をすぎて、それまで彼女は店の二階に寝起きしていたが、近くで売りに出された家を買い入れ、そこから店に通うようになった。

客の中には彼女に言い寄る者もあり、真剣に結婚の申入れをした男もいたが、勝気な彼女は一切応ぜず、相変らず明るい笑い声をあげ、歌をうたってすごしていた。

三年前の春、店に峰村という五十年輩の男が姿をみせるようになった。

男は、小さな温泉旅館に逗留《とうりゅう》していたが、その存在が町の話題になった。旅館に逗留しているのは長い小説を執筆するためで、夜になるとテーブルに原稿用紙を置き、そこに万年筆を走らせている。宿帳に記している峰村という名は本名で、ペンネームがあるが、それは明かさない。小説以外にもシナリオ、エッセイも書いているという。

白髪まじりの髪を長くしたかれは、ラフな服装をしていて言葉づかいは都会風であった。土産品店や商店にも入って、店の者と気さくに会話を交す。

町の者たちは、いつしかかれを芸術家と言うようになり、先生と呼ぶようにもなった。

かれは、夜の九時頃になると、芳恵の店に姿を現わす。かれが店に入ってくると、芳恵はすぐに横に坐り、酒の相手をする。

少し視線を落してかれに低い声でなにか言っていることも多く、その態度が他の客たちの眼をひいた。しかし、峰村は、淡々としていて、十一時すぎには店を出て旅館にもどっていった。

それから間もなく、旅館を引きはらった峰村は、アパートを借りて移った。客の出入りが多く酒宴も開かれる旅館では落着かず、アパートで執筆に専念したいのだ、という。

宿泊代の安い旅館ではあったが逗留費はばかにならず、経費節約のためアパートに移ったのだろう、と町の者たちは噂《うわさ》し合った。

峰村は、毎夜、芳恵の店に姿を見せていたが、やがて町の人たちは、芳恵が昼間、峰村のアパートに出入りするのを眼にするようになった。

かれのために食事をととのえるらしく、野菜などの食料品を入れた紙袋を手にドアの内部に身を入れる。時には、峰村と連れ立って、そば屋や軽食堂に入る姿を見ることもあった。

峰村と芳恵の仲は、半ば公然としたものになった。だれの眼からも積極的なのは芳恵の方で、峰村はそれにさりげなく対しているようにみえた。

峰村は、若い頃妻と死別して以来、妻帯したことがないと言っていて、これまで男に縁のなかった芳恵が、ようやく意にかなった峰村を見出し、結婚するのではないか、と想像された。

峰村がアパートに移ってから三カ月ほどした頃、芳恵の店は閉ざされたままになり、芳恵とともに峰村の姿も町から消えた。不審に思った芳恵の姉が調べてみると、意外なことがあきらかになった。

店の権利と芳恵の家は、隣接した町の不動産業者を介して売却され、信用組合にあずけていた芳恵の預金すべてがおろされていた。不動産業者の話によると、家の処分等には峰村が芳恵に付添っていたという。

さらに芳恵の家の家財が運送会社によって運び出され、倉庫にそのまま保管されていることもあきらかになった。

芳恵と峰村の突然の失踪《しっそう》に、町に不穏な噂が流れた。峰村は小説を書いていると言っていたが、それは町の人を欺《あざむ》くためのもので、芳恵は芸術家と言われている峰村にひかれ、肉体関係を持った。

芳恵は家と店の権利を処分し、さらに銀行預金もすべて引き出し、多額の金を手にした。芳恵の家財が運送会社の倉庫にそのまま残されていることから考えて、峰村が芳恵をひそかに殺し、金を奪い取って去ったのではないか。

やがてその噂が地元の警察署に伝わり、署員が動いた。まず峰村の身元が調査されたが、旅館の宿帳に記された住所は架空のもので、峰村に該当する人物は実在しないことが判明した。

警察署では本格的な捜査に入り、町の人に聴き込みがおこなわれ、温泉町の謎《なぞ》の失踪事件として新聞やテレビに大きく報じられた。

それから三年、事件は未解決のままであったが、旅館の支配人の話で、芳恵が生存していることがあきらかになったのだ。

耕介は、ビジネスホテルに部屋をとると、タクシーで支配人に教えられた料理店の前で下車した。料理店と言っても大衆的な感じの店で、軒から古びた大きな提灯《ちょうちん》がさがっている。

格子戸《こうしど》をあけて内部をのぞいた耕介は、振向いた店の女と視線が合った。顔が少しむくみ薄汚れた感じであったが、芳恵であった。

耕介は、店内に入り、近くのカウンターの席に腰をおろした。カウンターの中の男に声をかけられ、ビールを注文した。

芳恵が、おしぼりとビール瓶をのせた盆を手に近づき、それらを耕介の前に置くと、横の席に腰をおろした。

「従兄《にい》さんがくると思ったわ」

芳恵が、少し頰をゆるめながら耕介のコップにビールを注いだ。

彼女は、かれに問われるままに事情を口にした。町の人の視線がわずらわしいという峰村の言葉に、彼女は家を処分し預金もおろして峰村とともに町をはなれ、この地にやってきた。

意外なことに新聞やテレビに謎の失踪事件として芳恵が殺されたことをほのめかす報道がつづき、テレビには芳恵の写真も映し出された。

芳恵は驚いたが、町をひそかにはなれただけに今さら生きていますと名乗り出ることもできず、家財も引取らずに運送会社に残したままになった。

しばらくして、報道されることも全くなくなって、芳恵はこの店で働くようになった。

「余りにも大きな騒ぎになって、出るに出られず、そのためこんなことになったんです」

芳恵は、口もとをゆがめた。

「ともかく無事でよかった。あんたの母さんは心配して、一時は寝込んだほどだった」

耕介の言葉に、芳恵は幼い子のようにうなずいた。

耕介は、コップを手にして、

「男と一緒に暮しているそうだが、幸せにやっているのかい」

と、たずねた。

芳恵は少し黙ってから、

「支配人さんにはそのように言ったけれど、ここへ来てから半年後に東京へ行ったわ」

と、言った。

「別れたのか」

「そうじゃないの。小説を書き上げて、出版社に渡すためよ。年に二、三回葉書をくれるわ。だれにもわずらわされずに小説を書きたいから、と言って住所は書いてないけれど……」

芳恵は、ビールを耕介のコップに注いだ。

「金はどうした」

「貸して欲しいと言うので、大部分持たせてやったわ。小説が出版されたら返してくれるのよ。迎えに来てくれるまで、ここで働いている」

耕介は、芳恵の顔を見つめた。住所も記さずに葉書を送ってくる男が、狡猾《こうかつ》に思えた。詐欺《さぎ》で訴えようとしても、男の所在がわからなければ、どうにもならない。

芳恵の顔には、男を疑っている風はみじんもみられない。男が迎えにくるのを唯一《ゆいいつ》の支えに日をすごしている。

耕介は、芳恵が自分の手のとどかぬ遠い空間に浮遊しているのを感じた。

「なにかお酒の肴《さかな》をとる？」

芳恵がのぞきこむような眼をして言った。

かれは、返事をすることもせずコップを傾けた。

カフェー

浅草に住む友人の家に行き、珍しい物を見た。

友人は、大きな海苔《のり》の缶を持ってきて、密封した蓋《ふた》を取ると中から煙草《たばこ》の紙袋を取り出した。それは、戦時中まで売られていた敷島という銘柄のもので、かれは煙草を一本抜き取って私に渡すと、すぐに敷島をもとにもどし、缶をセロテープで密封した。

私は、呆気《あっけ》にとられた。戦後五十年もたっているのに、なぜ敷島があるのか。

驚いている私に、友人は眼に笑いの色を浮べながら説明した。かれの家は、代々酒屋を営んでいて、十年ほど前に死亡した祖母が、なぜかわからぬが戦時中に売ってい た敷島を十個ほどその缶の中に入れて保管し、元旦《がんたん》に一本ずつ抜き取ってすうのを習いとしていた。

祖母の没後、父も正月に祖母の習慣をうけついでいたが、父もすでに亡《な》くなっている。缶には敷島二袋と数本が残っているだけだという。

私は、手にした煙草を眺めた。紙質がきわめて良く、薄い縦縞《たてじま》の線がえがかれている。紙に巻かれた深みのある薄茶色の葉は、入念に刻まれていて程よい密度で詰められていた。

友人にすすめられて火をつけ、すってみた。典雅な香りに、私は陶然とした。このような煙草を当時の人たちはすっていたのか、と感嘆した。

その煙草をすったことで、少年時代の記憶がよみがえった。

父は敷島を好み、私は、父に言いつけられて数軒はなれた道の角にある煙草屋によく買いに行った。二十本入りで、値段は二十銭であった。買ってくると、湿気防止のためか、父は長火鉢に取りつけられた引出しに入れた。

煙草屋のケースの中には、敷島以外に朝日、エアーシップなどの紙巻き煙草や刻み煙草の入った紙袋などが置かれ、ケースの上の球型のガラスの容器に大衆煙草のゴールデンバットが入れられていた。

私は、近くに住む少年少女たちと、煙草屋のあたりで遊ぶのが常であった。路面に蠟石《ろうせき》で円や線を描いて石蹴《いしけ》りをしたり、縄とびをしたりした。

道をへだてて二階屋の自転車屋があった。子供は一女二男で、長女は学業にすぐれていて小学校の級長のバッジを胸につけ、弟の長男は運動神経が発達し、次男は学業成績は芳《かんば》しくなかったが、絵を描かせては同学年随一であった。

次男は私より一歳上で、仲が良かったのでかれの家によく行った。床が土間になっている店は油の臭《にお》いがし、かれの父が自転車の修理をしたり、タイヤのチューブのパンクした穴をふさいだりしている。土間にはギアの歯車の小さな球が落ちていて、私はそれを拾って大切に保管していた。

煙草屋には幼い娘が三人いて、店は女主人が守っていた。娘たちは母親似の細面で、器量よしであった。

主人のNさんはきりりとした顔立ちの長身の人で、どこかに勤めているらしく朝、弁当包みをかかえて家を出てゆく。小学校に通う私は、かれが改正道路を駅の方へ歩いてゆくのをしばしば眼にした。

そのうちに、かれの家に変化が起きた。煙草屋はそのまま営んでいたが、裏にある浴室から風呂桶《ふろおけ》が取り出され、圧延機のようなものが据えられた。

勤めに出なくなったかれは、それを操って作業をするようになった。圧延するのはセルロイドの板で、それを柔軟にする激しくふき出す水蒸気の中で、かれは大きなハンドルを腰をひねってしめつける。かなりの力を要するらしく、色白のかれの顔は紅潮し、顔にも腕にも汗が光り、薄い肌着は濡《ぬ》れて皮膚にへばりついていた。

私たちは、窓からNさんの作業をながめていた。かれは、私たちの存在も眼に入らぬらしく、汗をぬぐうこともせず体を動かしている。その姿には、一心不乱とでもいうようなおかしがたい厳しさがあった。

少年である私にも、その仕事が、かれが勤め先で得る報酬よりもはるかに多くの収入をもたらしているのが察せられ、それ故《ゆえ》に休むことなく作業に取り組んでいるのだ、と思った。

私の家の周囲には、さまざまな人が住んでいた。勤め人の家はひっそりしていたが、商店も多く、銅板専門の細工職人や革製の袋物職人が終日仕事をしている家もあった。これらの家の主人は、いずれも時間を惜しむように働き、主婦は小まめに家事にはげんでいた。

そのような人たちの生活の中に、全く異質の男が家族とともに移り住んできた。かれらが住みついたのは、自転車屋の二階であった。

男は、頭髪が少し薄れた色白の顔をしていて、仕事はなにもないらしく、二階の窓から外をながめたり、付近を歩きまわったりしていた。当時、主婦たちは束髪であったが、かれの妻は珍しく丸髷《まるまげ》で、二人の女児と生れたばかりの男の嬰児《えいじ》がいた。なにか水商売上りの女のようにみえた。

周囲の者たちは、その家族を遠くからうかがうようにしていたが、二人の女児が付近の子供たちとすぐになじみ、私も小学校に通う長女と言葉を交すようにもなった。素直な性格の子で、親しくなる女の子が多かった。

男が自らもらしたのだろうが、株に失敗してのがれるように東京に出てきたのだという。いかにもそれらしく、男には過去に地道な仕事に従事したことがないような遊惰な感じがした。

しばらくして、私は或《あ》る夜、男がNさんと町の中を連れ立って歩いているのを眼にした。男は少し笑みをふくみ、Nさんはかたい表情をしていた。男は、どういうきっかけからか、Nさんと親しくなったようであった。

それから一カ月ほどたった頃の夕方、私は、Nさんが男と小さなカフェーから出てくるのを眼にした。

その頃、町には所々に昼間から女に酒の接待をさせるカフェーと称する酒場があって、子供心にもなんとなく淫靡《いんび》な場所という印象をいだいていた。開いた扉から中をのぞくと、内部は薄暗く赤や緑の照明がされていて、女たちは裾《すそ》の長いドレスを着てソファなどに腰をおろしている。レコードの旋律が低く流れ、客と女が踊っていることもあった。二階には窓がなく、女が客を誘いこむこともしていたのだろう。

男はいつもと変らぬにこやかな表情をしていたが、Nさんの酔いで赤く染った顔はかたくこわばり、眼には強い刺戟《しげき》を受けたらしい落着きを失った光が浮んでいた。水蒸気の中で腰をひねってハンドルをまわしているNさんとは、別人のようであった。

その後も夜、Nさんが男と歩いている姿をよく見かけたが、やがてNさんの妻が自転車屋の二階にあがりこみ、怒声をあげる出来事が起った。男は、酒を飲めぬNさんを巧みに誘って女の味を教え、自らも女と淫《みだ》らな時間をすごしていたのだろう。むろん、それに要した金はNさんに支払わせたにちがいなく、それを知ったNさんの妻が憤《いきどお》りをおさえきれず男のもとに押しかけたのだ。

Nさんの妻の泣き声のような甲高い声に、自転車屋の前は人だかりがした。男もその妻も動じる様子はないらしく、返答する声はしなかった。

真面目《まじめ》一方のNさんは、男によって全く知らなかった世界があるのを知り、それにのめり込んでいったのだろう。女関係も生じて多額の金を費し、それがかれの妻を激怒させたにちがいなかった。

その出来事があった後も、Nさんは昼間、水蒸気の中でハンドルをまわしていたが、男との付き合いがつづいていたのかどうかは知らない。

ただ、男とその家族が自転車屋の二階から去った折りのことはおぼえている。長いリヤカーにわずかな家財をのせて曳《ひ》く運送屋の男の後から、改正道路を家族たちがついてゆく。男の顔には、いつものような笑みがうかんでいた。

それから間もなく、太平洋上での戦争が起り、煙草屋は煙草の配給所になり、やがて店を閉じた。戦時統制で市場からセルロイドも姿を消したらしく、Nさんがハンドルをまわす姿もみられなくなった。

町が夜間空襲で焼失するまでの日々は、なんとなくあわただしく身を動かしていたような感じで、Nさん一家の記憶もほとんど失われている。

思いがけず敷島をすったことで、消滅した町の家屋とそこに住んでいた人たちの生活が、鮮やかな彩《いろど》りをおびて眼の前に浮び上った。

鶴《つる》

生れてから五十五年間、東京以外の地に住んだことのない桜本も、その環状線の駅に降りるのは初めてであった。

ホームからの階段をあがり、改札口の外に出たかれは、舟津からFAXで送られてきた略図をコートのポケットから出した。出口は二つあって、かれは左側の出口の方に歩き、そこを出ると緩い坂を登りはじめた。

桜本は、朝八時半に朝食をすますと、十分ほど歩いて仕事場のマンションに行く。マンションには二間の洋室と浴室、それに狭い台所があり、かれはシャワーを浴びてから十畳の洋室に置かれた大きな机の前に坐《すわ》る。すぐに仕事にかかるが、小説の構想がまとまらず、窓の外をながめたりコーヒーを飲んだりして一字も書けずにすごすこともある。

その日、机の前に坐って間もなく、電話がかかってきて受話器をとった。大半の小説家は深夜仕事をして夜明け頃に就寝し、正午過ぎに目をさますので、編集者は午前中に電話をかけてくることはしない。午前中も仕事をしている桜本は異例だが、その時刻にかかってくる電話は、編集者以外の者からときまっていた。

「桜本君？　舟津だよ」

家に電話をかけたら仕事場だと言われ、電話番号を教えてもらった、という。

「岸川卓郎が死んでね、一昨夜」

と、舟津は言った。

桜本は、色白の彫りの深い岸川の顔を思い浮べた。

二十代後半から小説を書きはじめた桜本は、大学時代にすでに評論を書いていた舟津と親しく、三十歳を少し過ぎた頃、舟津が主宰していた「宝船」という誌名の同人雑誌に誘われた。同人は十人ほどで、年に三回発行される雑誌に桜本は小説を発表した。岸川は同人の一人であった。

「宝船」は、五年後に廃刊となったが、それは桜本が著名な出版社に設けられた新人賞に小説を応募し、受賞して小説家としての地位をかためたからでもあった。

舟津は、一人の小説家または評論家が世に出れば、同人雑誌の存在意義は果せたと常々主張していて、その言葉通り廃刊にしたのである。

高校の英語教師をしていた舟津は、評論家になることを諦《あきら》め、十年前に高校と同系列の私立大学の英文学の教授となり、年に一度か二度桜本と酒を酌《く》み合っている。

岸川は、繊維業界の団体事務局に勤務しながら小説を書いていたが、「宝船」が廃刊後も他の同人雑誌に小説を発表しているようだった。

「君は、岸川とはそれほど親しくなかったようだが、一応、死んだことだけは報《しら》せようと思ってね」

舟津の声には、ためらいがちのひびきがあった。

「そうか、死んだのか」

桜本は、岸川が自分より一歳下であることを思い出した。「宝船」が廃刊後、電車内で一度会っただけで、それも十年ほど前であった。端正な顔はそのままだったが、髪に白いものがかなりまじり、眼尻《めじり》に皺《しわ》が刻まれていた。

「明日が告別式だが、大学の講義で行けないので、今夜の通夜《つや》に行くつもりだがね」

舟津は、さりげない口調で言った。

「私も行くよ」

桜本は、反射的に答えた。

「そうか、行ってくれるかい。私は『宝船』の主宰者であったし、その後もかれと時折り会っていたから焼香しなければならない身なのだがね。他の同人に声をかけるのも、気がひけて。忙しい君には申し訳ないが……」

舟津は安堵《あんど》したように言い、FAXのあることをたしかめると、通夜の営まれる自宅の略図と時間を教えてきたのだ。

坂の片側に寺があり、坂を登りきると両側に商店が並んでいる。黒いネクタイをしめて未知の道を歩いている自分が、愚しく思えた。たとえ同じ雑誌の同人であったとは言え、その後、付き合いは全く断たれていて、いわば無縁の人間と言ってよく、通夜におもむく義理などない。

通夜へ行くと言ったのは、舟津の言葉に気圧《けお》されたこともあるが、同人であった岸川になんとなく負い目のようなものを感じていたからでもあった。

自分と岸川は、同人雑誌に小説を書く身として大海をあてもなく共に泳いでいるのに似ていた。幸運にも自分は近づいてきた流木をつかみ、それに身を託して陸岸に這《は》い上ることができたが、岸川はその後も海の上を漂いつづけ、死を迎えた。

桜本には、岸川に申し訳ない思いが胸にひそんでいて、通夜に行かねばならぬ義務があるように思えたのだ。

小説家として生活できるようになったのは運に恵まれていたからだ、と桜本は、舟津と酒を飲みながら口にしたことがある。舟津は、即座に運、不運は小説を書く才能があることが基本だ、と言って、その例として岸川の書いていた小説をあげた。同棲《どうせい》している女のことを書く勇気のなかった岸川は、所詮《しょせん》は同人雑誌作家で終る以外になく、専門の小説家になる資格はなかったのだ、と強い口調で言った。

この点については「宝船」に発表した岸川の小説を合評する席で、舟津は、同棲している女との生活は得がたい素材で、それを書かなければ壁は突き破れぬ、と繰返した。が、岸川は女に対する配慮からか書くことはせず、桜本も舟津と同じように小市民的な岸川を歯がゆく感じ小説を書く資格に欠けている、と思った。

桜本たちは、岸川が三十歳を少し過ぎた頃、二児の父であったのに妻と離別し、古代裂《ぎ》れの研究家である女のもとに奔《はし》ったことを知っていた。桜本たちを驚かせたのは、女が岸川より二十五歳も年上で、しかも女から誘われたのではなく岸川が激しい恋心をいだいて女の家にころがり込んだということであった。

夜、同人の集りがあって連れ立って小料理屋などへ行く時も、かれは、

「白根さんが待っているから……」

と、女の姓を口にして、帰ってゆく。

かれと女の生活がどのようなものなのか。少くとも世の習いとはかけはなれたものにちがいなく、それ故《ゆえ》に舟津は岸川に性の営みを中心とした女との生活を書くように

すすめていたのだ。

佃煮《つくだに》を売る店の角を曲ると、森閑とした道がのびていた。

「宝船」が廃刊になってからすでに二十年余がたち、岸川は五十四歳、女は七十九歳になっている。

舟津は通夜が自宅で営まれると言い、送られてきた略図には白根姓の家が記されていた。そのような年齢の女と岸川が、その後も生活をつづけてきたことが不思議に思えた。

暗い道の家並の前方に灯の入った長い提灯《ちょうちん》が垂れさがっているのが見え、人の出入りが眼にできた。略図からみて、それが目的の家にちがいなかった。

かれは、背広の内ポケットから香奠袋《こうでんぶくろ》を取り出し、灯に近づいていった。

小さな門の傍らに舟津が立っていて、桜本に片手を少しあげた。記帳台の前には十人ほどの会葬者がいて、桜本はその後ろにつき、香奠袋を差出して記帳した。

葬儀社の人らしい若い男の指示にしたがって、古びた二階建の家の外壁に沿って庭に入った。座敷に祭壇が設けられていて、焼香台の前に人が二列に並んでいる。いずれも女性で、僧の読経《どきょう》の声がきこえ、香煙が庭に流れていた。

かれは、焼香台の前に立った。正面に半ば白くなった頭髪の岸川の頬笑んだ遺影が置かれ、桜本は焼香し、合掌した。

祭壇の右手に坐った女に眼をむけたかれは、体をかたくした。これが白根という姓の女か、と思った。

後ろに束ねた髪には少し白いものがまじっていたが、伏目になった女の目鼻立ちの気品のある美しさに茫然《ぼうぜん》とした。首筋が長く、肌の白さが喪服の色に一層際立《きわだ》ってみえ、皺らしきものはなく、高い鼻梁《びりょう》の皮膚が艶《つや》やかであった。

かれは頭をさげたが、女は顔をあげることをせず坐っている。

庭を出て門の所に行くと、待っていた舟津が歩き出し、桜本もそれにならった。

「驚いたね。あれが岸川より二十五歳上の女とは思えない」

桜本の胸には、驚きの感情がそのまま残っていた。

「会ったのは、十年近く前に岸川の家に行った時だが、その時と少しも変らない。いや、却《かえ》って若くみえる位だ」

舟津は、前方に眼を向けながら言った。

桜本は、妖艶《ようえん》とも言える女の顔を思い浮べた。岸川が妻子を捨てて女のもとに奔ったのも、無理はないのかも知れない、と思った。

舟津が足をとめ、

「詩を書いていた浅岡ね。かれは、『宝船』が廃刊後も岸川と同じ同人雑誌に所属していて親しく、今夜の通夜と明日の告別式のことも報《しら》せてくれたんだが、岸川は腹上死だった、と言うんだよ」

と、言った。

桜本は、舟津の顔を見つめた。今日の午後、浅岡が大学に電話をかけてきて、そのことを口にした、と舟津は言った。

一昨日の夜、女から浅岡の家に電話があって、岸川の息がとまった、とまったと狂ったように繰返した。救急車を、と言ったが、女はとまったと叫ぶだけで、浅岡は一一九番に電話をかけて女の家に急いだ。

救急車が家についた時には岸川はすでに死んでいて、医師が呼ばれ、動転しきった女の言葉で同衾《どうきん》中の突然死であることがあきらかになった。遺体は監察医務院に運ばれ、浅岡は虚脱状態にある女とともについていったという。

「浅岡はね、あくまでも秘密にすべきことなのだが、一人で胸に秘めておくのが堪えられず、私にだけ話すのだ、と言って、匆々《そうそう》に電話を切った」

舟津が、再び歩き出した。

「通夜に来て、浅岡からもう少し話をききたいと思ったのだが、家の中にいるらしく姿を眼にできなかった」

桜本は、祭壇の傍らに端然と坐っていた女を思い起した。静かな表情で会釈《えしゃく》もしなかったが、それは虚脱したままであったからなのか。

腹上死は妻以外の女との性交時に起ると言われているが、女との性交は常に新鮮で激しいものだったのか。

前方に、商店街の明るさが見えてきた。

桜本は、女の長い首筋を思い浮べながら無言で歩いていった。

紅葉

大学時代の友人である野尻《のじり》幹夫君が、私に語った話である。

終戦から四年目の初夏から初冬まで、野尻君は奥那須《なす》の温泉宿に逗留《とうりゅう》していた。

かれは中学校に在学中、肺結核におかされ、戦争が終わって二年後に旧制高等学校に入学したが、翌年の一月に喀血《かっけつ》し、末期患者として絶対安静の身になった。その頃、ドイツから導入された肋骨《ろっこつ》切除による肺結核治療の手術がおこなわれるようになっていて、かれはその手術を受けた。

一年以上の生存率はきわめて低い手術であったが、かれの場合は幸いにも効果があって病状は好転した。

すでに両親は病死していて、退院後、かれは三人の兄の家を転々として病後の体を養った。年が明けてようやく病床からはなれられるようになり、春を過ぎた頃、空気の澄んだ山中の温泉宿に療養のため赴き半年近くを過した。

なぜそれほど長期逗留ができたのかね、という私の質問に、

「兄たちの家には、それぞれ幼い子がいてね。病いが癒《い》えていたとはいえ、子供への感染を恐れたのだよ。兄たちの家から家へと盥廻《たらい》しのように移されていたから、いっそ山の宿へ行かせようと思ったんだろうね。無理はないことだが……」

と、野尻君は答えた。

その宿は自炊を主としていて宿賃も安く、いずれも紡績業を営んでいた兄たちは戦後景気で業績を伸していたので、弟の転地療養費など気にかけていなかったのだという。

宿屋は古びた木造の二階建てで、谷間を流れる渓流のほとりにあった。電気がひかれていないので夜はランプが灯され、共同自炊場では、鉄鍋《てつなべ》を自在鉤《かぎ》に吊《つる》して薪《まき》で煮《に》炊《た》きをした。食料事情も幾分良くなりはじめていて、麓《ふもと》の村から女たちが穀類や野菜などを籠《かご》で背負って売りに来ていた。

長期間滞在する湯治客が多く、一カ月近く過す者もいたが、さすがにかれのように腰を据えつづける者はなく、いつの間にかかれは、渓流を見渡せる二階の角の六畳間で起居するようになった。

渓流をへだてて、樹木の生い繁《しげ》る急斜面の山肌があった。緑の色が美しく、夕刻には谷から湧《わ》いた霧が樹林の間を山頂の方に這《は》い上ってゆくのが常であった。

湯殿は二カ所にあって、一つはかれの部屋の近くにあり、他は帳場の前の廊下を進んだ渓流沿いにあった。後者の湯殿は大きく、数条の樋《とい》から湯が流れ落ちていて、湯治客はそれを肩に受けるのを好んでいた。

しかし、かれは、肩への衝撃が肺臓に悪い影響をもたらすと考え、部屋を出てすぐの所にある湯殿に就寝前に入るのを習いとしていた。女性客用の湯殿はなく、宿の女中たちが連れ立って入ってきたりした。乳房を露《あら》わにして笑いながら話し合い、かれに話しかけてくることもあった。

部屋の隣室との間仕切りは襖《ふすま》で、人の気配はそのまま伝ってきていた。隣室に入った農村から来た初老の夫婦が、山菜や茸《きのこ》を採りに歩き、襖を開いてかれを招き入れ、山菜料理や茸の入った味噌汁《みそしる》をすすめてくれたりした。

中年の女性が一週間近くも逗留していたのに、わずかに畳をふむ足音がするだけのこともあった。

「秋の気配が濃くなった頃のことだがね」

と、野尻君は私に言った。

隣室に新たに客が入り、部屋の入口の廊下に二組のスリッパが揃《そろ》えて置かれているのを眼にし、さらに男と女の低い声を耳にして夫婦者らしいと思った。

その夜、入浴をすませ、ランプの灯を細めてふとんに身を横たえ、眠りに落ちた。どれほどの時間が過ぎた頃か、かれは眼を開けた。

女のすすり泣くような声が聞えていた。それが泣き声でないことは、かれも知っていた。声は長く尾をひいてつづき、次第に波がたかまるように甲高くなると、悲鳴に似た声になって静まった。

女の体と接したことのないかれは、女が一方的に激しくさいなまれているような感じがした。男の低く短かい声がきこえ、再び女の泣くような声がしはじめた。

かれは、ふとんを頭からかぶった。声は襖をへだててきこえてくるのだが、自分の部屋で歯をかみしめた女が声をあげているような錯覚にとらわれた。

やがて声が静まり、深い静寂がひろがった。

かれは、ふとんから顔を出し、淡いランプの灯に浮び出た古びた襖に眼をむけた。渓流の音が、かすかにきこえていた。

翌朝、隣室からは物音がせず、部屋の入口には二組のスリッパが置かれていた。

かれは、いつものように宿屋を出て渓流のほとりに行き、大きな石の上に腰をおろしてしぶきをあげて流れる瀬をながめたり、山肌を見上げたりした。澄んだ空気が肺臓を浄化してくれているような感じであった。

昼食後、日課となっている午睡をした。その頃には、襖をへだてかすかに人の気配が感じられ、部屋の入口の戸が開かれて男か女かが、廊下に出てゆく音もきこえた。夕食をすませた後、かれは部屋を出て階下の帳場に行った。いつしか、夜になると帳場に行くのが習いになっていた。初めは宿の主人にくるように言われ、その後は毎夜、階下に降りて帳場の炉端に坐った。

主人は、山麓《さんろく》の村の地主で、雪がくると宿をとざして村にもどり、春に宿を開ける。暑中休暇には、高校と中学に通う娘二人が宿にやってきて炉端もにぎわった。その娘たちも夏の終りには山を降りて行った。

主人は無口であったが、夫人は愛想が良く、かれに茶を出し、漬物をすすめたりして雑談する。時には宿に泊る営林署員や登山客が加わることもあった。

その夜は、主人と夫人だけであった。これといって話すことはなく、夫人は村の祭礼や行事のことを口にし、かれは東京での生活や空襲時のことなどを話したりした。

「たしか八時頃だったと思うがね」

と、野尻君は私に言った。

宿屋のガラス戸が静かに開いて、初老の男が顔をのぞかせ、口もとをゆるめて主人を手招きした。鳥打帽をかぶった小柄な男だった。

主人は、いぶかしそうに男を見つめていたが、立つと土間におり、外に出ていった。ガラスを通して主人が男となにか話しているのが見えた。夜、山道をたどって泊り客がくるはずはなく、なにか主人の村の者が用事で来たのかも知れない、と思った。

主人が土間にもどると、初老の男とその後から中年の男が二人、若い男が一人つづいて入ってきた。

「主人の顔が青くてね、手がふるえているんだよ。何事かと思った」

主人が廊下を進んで、階段の上り口の所で足を止めた。四人の男たちは、階段を足音を忍ばせるように登っていった。

「なんでしょうね」

夫人がいぶかしそうに野尻君に言い、立つと階段の下に行き、主人と階上をうかがうように見つめていた。

しばらくすると、階段に足音がして男たちがおりてきたが、その中に髪をオールバックにした長身の男と小柄な二十七、八歳の女がまじっていた。初老の男が土間におりて、履物の入っている棚の傍らに立ち、男と女の履物をたずね、土間に黒い靴と女の靴を置いた。

靴をはく時、オールバックの男の手に手錠がはまり、男と女の腰にそれぞれ縄が巻かれているのを野尻君は見た。

初老の男が人なつっこい眼をして、顔色を変えて廊下に立つ主人夫婦に頭をさげ、他の男たちと外に出た。

「ガラス戸の外に二人の警察官がいてね、男たちが出てくると提灯《ちょうちん》に火を入れたんだよ。田舎の警察は、まだ提灯を使っていたんだね。男と女をかこむようにして、谷からはなれていった」

炉端に坐った主人の手はまだふるえていて、男が殺人を犯し、山の宿に女を連れてひそんでいるのを察知した刑事たちが、部屋に入り男を捕えたのだという。男は素直に犯行を認め、手錠をかけられた、と主人は言った。

野尻君は、男と女が隣室に泊っていた客であるのを知った。殺人犯と襖一つへだてた部屋で寝ていたことを思うと恐ろしくてならず、かれは夜明けまで眠りにつくことができなかった。

宿には二日遅れの新聞が、山廻りの郵便配達人によって届けられる。殺人を犯した男が連れの女とともに山中の温泉宿で捕えられたという記事が、かなり大きく載っていた。

それによると、男は、愛人である女に執拗《しつよう》に肉体関係を迫る商店主に腹を立て、夜道で待伏せして激しい殴打を加えて死に至らしめ、女とともに姿をくらましたという。男は、女と山中で自殺しようと考え、温泉宿に泊まっていたと陳述したことも記されていた。

野尻君は、夜、襖越しにきいた女の泣くような長く尾を引く声のことを、宿の主人夫婦には告げなかった。が、最高潮に達した時の叫び声に似た女の声に、自殺するつもりだったという男の言葉を信じたい気がした。

空気が冷え、渓流をへだてた山肌一面が紅葉の色に染った。鮮やかな朱の色の中に緑、黄の色もまじり、所々に血を滴《したた》らせたような濃い赤も点々と見える。

「宿の主人が、今年の紅葉はことのほか鮮やかだと言っていたが、私もこの年齢《とし》まで、あれほど見事な紅葉は見たことがない。圧倒されるような色だった」

と、野尻君は私に言った。

やがて初雪が来て、かれは宿をはなれて山道をくだったという。

偽《にせ》刑事

二十年前の春、新聞社の文芸記者であるK氏とYS11機で八丈島へ赴いた。

K氏の所属する文化部から小説の新聞連載を依頼された私は、江戸時代に頻発した荷船の漂流を素材にしようと考え、漂流記を読みあさった。

私が注目したのは、天明五年（一七八五年）に難破して漂流した土佐国（高知県）の船であった。その船は黒潮に乗って無人島の鳥島に漂着、四人のうちつぎつぎに三人が死亡し、長平という水主《かこ》だけになった。

かれは、その島で孤独にたえながら生き、つづいて漂着してきた荷船の船乗りたちと協力して十二年後に流木で作った小舟で島をはなれ、八丈島をへて江戸に帰還した。

私はかれを主人公に小説を書くことにきめ、題を「漂流」とした。

私は、長平の生地である高知市に行って資料の収集につとめ、それも終えて八丈島での調査を企てた。

八丈島には、鳥島附近で飛魚漁をする漁師が多く、初めはその漁船に乗せてもらって、出来れば鳥島に上陸してみたいと思った。しかし、活火山である鳥島は二度にわたる大噴火によって島の形状がいちじるしく変化し、上陸しても得るものはないのを知った。

それでも、鳥島をめぐる海域の状態を知りたいと考え、漁師たちから話をきくため八丈島に行ったのである。

ホテルに入ってボストンバッグを置き、漁師の家を訪れて島とその附近の海の状況についてきいた。

鳥島は明治三十五年の噴火で在島一二五人がすべて死亡し、その後、島に渡来するおびただしいアホウドリの羽を羽毛ぶとん用に採取していた人たちが住んだが、昭和十四年の噴火で島からのがれ無人の島となった。

その折、かれらは八丈島に引揚げて諸方に散っていったが、そのまま八丈島に住みついている人もいるという。

耳寄りな話なので、私はK氏とタクシーでその人の家を訪れた。逞《たくま》しい体をした大柄な老人で、噴火前の鳥島の様子を熱っぽい口調で語った。

翌日は、八丈島、青ケ島の資料収集につとめ、夕方、小料理屋で新鮮な魚介類を肴《さかな》に島でつくられている焼酎《しょうちゅう》を飲み、それから店主に紹介されたバーへ行った。

カウンター席につくと、私とK氏の間と私の左側に店の女が坐《すわ》った。

ウイスキーの水割りを注文し、女たちはビールを注いだコップを手にした。

私は、左側に坐った女と言葉を交した。

「どちらからいらしたんですか」
二十七、八歳の丸顔の女だった。
「東京から……」

「観光ですか」

「いや」

「なにかお仕事でも」

「そう。調べものがあってね」

女は、口をつぐんだ。

K氏は、グラスを手に私の右側に坐る二十歳前後の女と話し合っている。

「調べものって、警察の方ですか」

私は、自分の横顔に女の視線を感じた。

またか、と思った。

小説の資料集めのためしばしば旅に出るが、旅先で刑事にまちがえられることが多い。

夜になると、その地の小料理屋に入り、バーに立ち寄ってホテルにもどるのを習いとしているが、それらの店では、旅人である私が何者であるか興味をいだき、職業をきき出そうとする。小説家だと答えれば、名前は？ときかれるにきまっている。流行作家でもない私の名など知るはずはなく、私は、

「さあ、なんでしょうね」

と、答えるのを常としている。

「刑事さんでしょう」

相手は、初めからわかっていたように言う。

なぜ、刑事にまちがえられるのか。ラフな服装をし古びたダスターコートを着ているので、定年間近な刑事とでも思うのだろうか。人相も決して良いとは言えず、一重瞼《まぶた》の眼が、テレビなどで見る刑事役の俳優の眼と共通しているものがあるためなのか。

こんなことがあった。

札幌で調べものをした後、帰京しようとして千歳《ちとせ》空港へ行った。原因がなんであったか忘れたが、羽田空港が一時閉鎖されていて、飛行機の出発が三時間ほどおくれるという。

空港で時間つぶしをするのも味気ないので、千歳の町に行って酒を飲んですごそうと思った。

サントリーウイスキーという看板の出ているバーがあって、このような店ならぼられることがないのを知っている私は、分厚いドアを押した。

思いがけず内部は広く、右手に長いカウンターがあり、左手はテーブル席になっている。私は、カウンターのドアに最も近い丸椅子《いす》に腰をおろした。

その時、カウンターの奥で混乱に似た人の無言の動きがあった。バーテンと女たちが花札でオイチョカブをしていて、急いで花札と紙幣をかき集めてかくすのが見えた。

私は、頭をかくような思いであった。かれらはあきらかに私を不意に店内に入ってきた警察関係者と見ている。私の耳に、

「別に金を賭《か》けているわけじゃないからな」

という男のつぶやくような声がきこえた。

私は、ウイスキーの水割りを頼んで、身をすくめるようにして飲んだ。

横の席に、四十年輩の和服を着た店の女が坐った。人身御供《ひとみごくう》といった趣きで、黙って身じろぎもしない。店の中は静まり返っている。

「ぼくを刑事と思っているの？」

女は、無言で視線を落している。

私は、店の人たちが気の毒になって、決して警察関係者でないことを知ってもらうためこの店に入ってきた事情を女に話した。単なる旅人にすぎないと説明した。

しかし、女は返事をせず、体をかたくして私に視線をむけることもしない。

私は、重苦しい気分になって代金を払い、店の外に出た。

このような経験を数多く味わっている私は、警察の方ですか、というバーの女の言葉にうんざりした。

私は首を振り、

「あの人だよ」

と、若い女と笑いながら話し合っているK氏の方に顔をむけた。

三十年輩のK氏は、いかにも知的で敏腕そうな刑事にみえる。

女は信じこんだらしく、

「なにを調べているんです。東京からと言うと、警視庁の人？」

と、低い声で言った。

「さあね」

私は、グラスをかたむけた。

その直後、女の左方に坐っていた頭髪を短く刈った二人の男がおもむろに席を立つと、バーの裏口から外に出ていった。逞しい体をした男たちで、私と女の会話をきいていたようだった。

私は、落着かなくなった。たとえ酒の上の冗談としても、K氏を刑事であるかのように女にほのめかしたことは好ましくない。席を立っていった二人の男のことも、気がかりになった。

私は、K氏をうながし、タクシーを呼んでもらってホテルにもどり、バーで飲み直した。

いちぶしじゅうを話すと、K氏は、

「私が刑事ですか。そのように見えますかなあ」

と言って、笑った。

翌日は帰京の日であったが、気象状況が悪く飛行機は飛ばず、船も欠航だという。

八丈島ではそのようなことは珍しくないらしく、ホテルの支配人は落着いている。宿泊客はさらに泊りを重ねなければならず、支配人はホテルの売店で土産品を買った方は払戻しします、などと言っている。事実、新婚旅行で来ていた男女は、宿泊代を確保するため払戻してもらっていた。

私は、罰があたったのだ、と思った。自分は刑事であることを否定したが、K氏を偽《にせ》刑事に仕立ててしまい、これは法律上罪に価《あた》いする。

江戸時代、八丈島は遠島刑に処せられた者が流された島で、罪をおかした私は、流《る》人《にん》同様島にとじこめられている。傍杖《そばづえ》を食ったK氏が気の毒であった。

その翌日も天候は恢復《かいふく》せず、夜、私たちは外に出ることもせずホテルでひっそりとすごした。

次の日、私たちは空港に行った。

雲が低くたれこめていて、その下を海面すれすれに飛行機が飛んでくるのが見えた。空港には多くの人がむらがっていたが、二日前の一便に乗る予定であった私たちは、優先的にその飛行機に乗ることができた。

離陸した飛行機は、羽田までの間、大揺れに揺れ、死を予感すらした。

私は、座席の腕かけをかたくにぎりしめながら、やはり罰があたったのだ、と胸の中で繰返しつぶやいていた。

観覧車

プリンを食べ残した美香は、椅子《いす》の背にもたれて眠っている。半ば開いた口から歯の一本欠けた歯列がのぞいているが、乳歯が抜け落ち、歯が生えかわるのだという。島野は、ホテルの喫茶室の窓ガラスを通して遠く見える遊園地の観覧車に眼を向けた。それは巨大な観覧車で、赤、青、黄の三色に色分けされたおびただしいゴンドラが、ほとんど停止したままでいるように見える。が、見つめていると、わずかながらも動いているのがわかる。

その日は第二週の土曜日で、美香の小学校が休日であることから、月に一回美香に会える日をその日にし、遊園地に近い駅を待合わせ場所にした。

改札口の外で待っていると、約束の時刻から十分ほどおくれて玲子《れいこ》が美香を連れて姿を現わした。

かれは、タクシーに玲子と美香を乗せ、遊園地に行った。

園内に入った美香は嬉《うれ》しそうに眼を輝やかせ、チューリップの形をした乗物に玲子と並んで坐《すわ》り、島野は回転しながら近づく二人にカメラのレンズをむけてシャッターを押した。小型の蒸気機関車が曳《ひ》く豆汽車に、かれは美香と共に乗った。かれは美香をうながして、コートを手に立つ玲子に手をふった。

美香は、さまざまな乗物に乗り、最後に島野と玲子の三人で観覧車に乗ったが、予想に反して退屈のようだった。ゴンドラが徐々にあがると海が見え、港に碇泊《ていはく》している様々な形をした船が見下せた。かれがそれらの船を指さすと、美香は眼を向けはしたが、興味をしめすことはなかった。

遊園地を出てタクシーで駅までもどり、近くのホテルの喫茶室に入った。美香は疲れたらしく、プリンが運ばれて来た頃には、眠そうに欠伸《あくび》をし、すぐに眼を閉じた。

島野が玲子との離婚届に捺印《なついん》したのは、半年ほど前の桜が葉桜になった頃だった。正月をすぎて間もなく玲子から離婚の話が出ていたが、美香の小学校への入学時に両親が揃《そろ》っている形にしたいという玲子の配慮で、離婚届が区役所に提出されたのは四月中旬になってからだった。

玲子と結婚したのは七年前で、美香が生れて間もなく島野が四歳上の未亡人と肉体交渉があるのがあきらかになり、玲子は半狂乱になった。離婚すると泣きわめき、実家に美香を抱いてもどった。

仲裁に入ってくれたのは玲子の兄で、島野は兄に詫《わ》び、女と縁を切ったことを伝えた。玲子が再び島野のマンションにもどったのは、兄に説得されたことと嬰児《えいじ》をかかえて暮す自信がなかったからであった。同居する老いた母の面倒を見ている兄は、妻の手前、玲子母娘まで引受ける気にはなれなかったのだろう。

マンションにもどった玲子との夫婦関係はぎくしゃくしたものではあったが、日がたつにつれて玲子の眼の険しさも薄れ、一カ月ほどした夜、島野が強引に玲子の体を抱いてから生活は旧に復し、玲子から夜の営みを求めるようにもなった。

しかし、昨年末、二十六歳の女が酔ってマンションにやってきた夜から、再び激しい波風が立った。

女は、島野の勤める製薬会社と取引きのある小さな会社の社員で、妊娠し堕胎したので慰藉《いしゃ》料を出せとわめいた。ハンドバッグから、温泉の和風旅館の一室で浴衣《ゆかた》姿の島野に肩を抱かれた彼女の、自動シャッターで撮った写真を出して玲子に投げつけたりした。

動顚《どうてん》した島野は、女の腕をとって外に連れ出し、なだめすかしてタクシーに乗せたが、もどってくると部屋に玲子と美香の姿はなかった。

かれは女にまとまった金を渡し、以後、苦情は申立てず縁も切るという誓約書を書かせ、実家にもどっていた玲子にそれをしめして詫びたが、玲子は口をきくこともしなかった。頼りにしていた彼女の兄も、前回とは異なって相手になってはくれず、離婚の条件についての話し合いがおこなわれた。

　島野は父の遺した六部屋あるアパートを持っていて、それを玲子に譲渡するよう兄は強く要求した。アパートの一室に玲子母娘が住み、他の部屋の賃貸料で生活は維持されるという。

「あなた自身の蒔《ま》いた種だ」と、兄は同じ言葉を繰返し、思いがけぬ執拗《しつよう》さで迫り、島野はその気迫に押されて条件をのみ、離婚届に実印を捺《お》した。島野がただ一つ出した条件は、一カ月に一度美香と会わせて欲しいということで、兄の口添えで玲子も承諾した。

　観覧車に乗っていた玲子は、うつろな眼を海の方に向けつづけていた。

　島野は、その横顔をひそかに見つめた。眉《まゆ》から鼻への線がきりっとしていて、玲子を初めて見た時、光った眼とともに激しく魅せられたことを思い出す。夫婦として暮していた時より白い肌が一層滑らかになっていて、紅《べに》の正しく塗られた唇の形の良さが顔を気品のあるものにしている。

　喫茶室に入ってからも、かれは落着かず、コーヒーを飲み美香を椅子の背にもたせかける玲子の顔に視線を据えていた。

「美香は楽しかったのかね」

かれは、コーヒーカップを口に近づけながら言った。

「楽しかったんでしょうね」

玲子は、広い窓に眼を向けた。遠く見える遊園地の観覧車に、華やかな西日が当りはじめている。

「美香と会えて嬉しかった」

かれは、少くなったコーヒーを飲んだカップを皿の上に置いた。

玲子の細い首筋にプラチナのネックレスが光っている。それは結婚して間もなく、銀座を歩いている時、かれが玲子に買いあたえたもので、その折の玲子の嬉しそうな顔が眼の前に浮ぶ。

「生活はどうなの。先月、アパートの一室が埋まらないと言っていたが……」

「まだ埋まらないわ。でも、不自由なく暮しています」

玲子は、窓に顔を向けている。

かれは息をつき、

「兄さんが、あんた自身の蒔いた種だと言ったが、その言葉が頭にこびりついている。

まさにその通りで、本当に申訳なく思っている」

かれは、テーブルに手を突き、頭をさげた。

玲子は、黙っている。

「こんなことを言える身でないことは、十分に承知している。だが、もう一度機会をあたえてはくれないだろうか。後悔しているんだ。一緒に暮すわけにはゆかないか。そうしてくれたら一心に尽す」

かれは、頭を垂れた。

「そのことについては、この間も言ったでしょう。一度ならまだしも、二度まで……。それに子供まで孕《はら》まして。もうあなたとの関係は終ったのよ」

彼女は、かれに眼を向けた。

「そんなことは言わないで欲しい。美香はあなたと私の間にうまれた大切なものじゃないか。美香は中学、高校、大学へと進み、やがて結婚する。父親というものがいなければ肩身のせまい思いをする。心から詫びる。美香のためにも、決して罪深いことはしない。許して欲しい」

かれは、再びテーブルに手を突いた。

玲子は、無言であった。

長い沈黙がつづいた。かれは、美香に眼をむけている玲子の顔をひそかにうかがった。玲子は、無表情であった。

美香が体を動かし、眼をあけた。かれは、身を乗り出して美香に微笑《ほほえ》みかけた。美香はまだ眠いらしく、顔を歪《ゆが》めている。

「夕食の仕度があるから、もう帰らなくては……」

玲子は、不機嫌な美香を床に立たせ、コートとハンドバッグを手に立ち上った。

かれは、美香の手をひく玲子の後から歩き、レジスターで代金を払った。

玲子と美香につづいてエレベーターに乗った。

「考え直してみてくれないか。美香と三人で暮したい」

かれは、玲子の腕に手をふれた。柔らかい腕の感触が感じられ、香料のまじった玲子の香《かぐ》わしい肌の匂《にお》いが鼻孔にふれる。

玲子は、視線を前に向け口をつぐんでいる。

ホテルを出たかれは、美香の手をとり隣接した駅の構内に入った。かれと反対方向の電車に乗る玲子は、切符を買い、改札口にむかってゆく。

「頼むよ、お願いだから……」

かれは、玲子について歩き、改札口の所で美香の手をはなした。

玲子は、美香の手をとり振向くこともせず歩いてゆく。

階段を登ってゆく玲子の腰の動きに、今でも黒いレースのショーツをはいているのだろうか、と思った。かれの求めに応じてその類《たぐ》いのものをはくようになったが、それが常のことになっていた。

玲子と美香の姿が消え、かれはその場に立っていた。レースに透けた玲子の腿《もも》の白さが、眼の前にゆらいでいる。

前回までは素気ない白けた表情をしていたが、今日はそれが少し柔いだように感じられる。美香のことを今後も口にした方がよいのかも知れない。

かれは深く息をつき、背を向けて歩くと公衆電話の電話機の前に立った。体に激しくうずくものがあって、付き合いはじめた女と会わずにはいられない気持であった。

かれは受話器をとり、せわしなくプッシュボタンを押した。

聖歌

教会の二列目の席に、京子は夫と並んで坐っていた。前列の席には姉の夫の高瀬が坐《すわ》っている。頭髪が薄れ、地肌が透けている。

姉は一年前に子宮癌《がん》の手術を受けたが、末期であったため日増しに衰弱し、手足が驚くほど細くなって死んだ。姉は、キリスト教の信者であった高瀬のすすめで洗礼を受けていたので、教会葬となったのだ。

司祭が入堂し、葬儀がはじまった。

「いのちを与えて下さった神よ。あなたのもとに召されたテレジア高瀬の上にいつくしみを注いで下さい」

司祭の柔らかみのある声に、京子は姉が天国に旅立つのを感じ、眼尻《めじり》ににじみ出た涙をぬぐった。

高瀬が一流企業の役員をしていることから姉の死が新聞の死亡欄に報じられたので、会葬者は多く、壁ぎわに立っている人もいる。

司祭の祈りの言葉が終り、司会者が聖歌の題を口にした。京子は、歌詞を印刷した紙を手に立った。

オルガンの音とともに斉唱がはじまったが、思いがけず澄んだ男の歌声が会堂内にひびき渡った。驚くほど声量の豊かなテノールで、オペラ歌手の独唱のようであった。会葬者の中には、声の主はだれかと思うらしく眼を向ける者もいて、京子もひそかにその方向をうかがった。壁ぎわに立つ人たちの中にひときわ長身の男がいて、特有の口の動きにその男が歌っているのを知った。若い男かと思ったが、髪に白いものがまじった五十年輩の細面の男だった。

京子は、思わずその男の顔に視線を据えた。頬がこけ額に皺《しわ》がきざまれているが、まちがいなく久保田であった。かれは、新聞で姉の死と葬儀が教会で営まれるのを知り、出向いてきたのか。

姉と久保田は、大学の音楽部にぞくし、姉から紹介されて三人で喫茶店に入ったこともある。その折に姉と久保田が無言で長い間見つめ合い、京子は息がつまるような思いで席をはずした。

姉は卒業後、母に久保田と結婚したいと告げ、それが母から父に伝えられた。商事会社の要職にあった父は、頑《かたく》なに反対した。久保田の生家が貧しく、その上かれは卒業したものの就職はせず、小学生相手の家庭教師などをして過し、将来が甚だ心もとないという理由からであった。それに父は、知人の息子である高瀬のもとに姉を嫁がせたいとひそかに思っていたのだ。

姉は激しく泣き、部屋に閉じこもって食事をとらぬこともあった。しかし、結局姉は、父の意向にしたがって高瀬と結婚し、二人の女児の母となった。

紺の背広に黒いネクタイをつけている久保田はうらぶれた感じで、父の予想は当っていた、と京子は思った。侘《わび》しい暮しをしているのが察せられた。

聖歌が終って司祭の祈りの言葉がつづき、やがて喪主である高瀬の挨拶《あいさつ》があって、オルガンの演奏の中で献花がおこなわれた。

献花をすませた京子は、高瀬家の者と並んで立ち、会葬者の挨拶にこたえていた。

久保田は、白いカーネーションを手に列につき、京子たちの遺族席には眼をむけず、台に近づくと花を置き、頭を深くさげた。

京子は、献花台の前をはなれて教会の扉の外に出てゆく久保田を見送った。夕刻近い晩春の空気の中に、溶け込んでゆくような後姿だった。

あとがき

四年前の初夏、「小説新潮」の編集長から手紙をいただいた。新潮社が創立百年になり、それを記念して、来年の新年号に小説を百篇収めた「小説新潮」特大号を発刊する企画がある。小説は原稿用紙十枚を原則としていて、長篇小説を文芸誌に連載している私には時間的余裕がないだろうが、一応依頼の手紙を出した次第、とあった。

私は、その文面になにか気持が異様に動くのを感じた。通常、依頼される短篇は、原稿用紙三十枚程度で、十枚などという短いものを頼まれた例はなく、むろん書いたこともない。

もしもそれを引受ければ、私にとって挑戦ということになる。十枚という枚数で、一つの小説世界を創《つく》り上げられるかどうか。長篇小説は、先の方まで書き上げているので時間の余裕はある。

今思い返してみると、なぜかわからぬが、なんとしてでもその超短篇を書きたい気持がつのり、すぐに電話を編集長にかけて、ぜひ書かせて欲しいと頼んだ。

私は、原稿用紙を前に置き、白刃《はくじん》で相手と対峙《たいじ》するような思いであった。素材をあれこれと数日間考え、それも定まって三日間を要して書き上げた。枚数はきっかり十枚で、題を「観覧車」とした。

書いた気分は快く、私は浮きうきした気持であった。わずか十枚でも、短篇小説として一応、人間の姿が描けたことが嬉《うれ》しかった。

「十枚の短篇を書くのがこんなに楽しいとは思わなかった」ということを酒席で繰返し口にする私に、親しい新潮社の編集者が、

「それなら二十篇以上を『波』に連載してみませんか」

と、言った。

これも今思い返してみると不思議だが、私は即座に応諾した。気分が昂揚《こうよう》していたのである。

私は、気持の赴くままに十枚を限度にした短篇を書きつづけ、十枚以下のものも書いた。それらは「波」に連載され、筆を置いた時には十九篇の短篇小説を書き終えていた。

総合タイトルとして、私は「天に遊ぶ」という題をつけたが、それはこれらの短篇を書いている折の私の心情そのものであった。天空を自在に遊泳するような思いで、

書きつづけたのである。

　これらの短篇をおさめた単行本を出版してもらうことになったが、むろん私にとって初めてのことである。新しい未知の世界に足をふみ入れたような浮き立った気持と同時に、おびえも感じている。上梓《じようし》に当って、その後、「週刊新潮」に発表した三枚半のショートストーリーも加えたことを附記する。

　これらの短篇の連載と出版に力を貸してくれた編集者の栗原正哉氏と木村達哉氏に、感謝の意を表したい。

平成十一年春

吉村　昭

解説

清原康正

吉村昭はかつて、「不思議な世界」（「文學界」一九八六年二月号）と題したエッセイの中で、「通常、短篇小説を書く場合、私は、一カ月近くをそれにあてることにしている」と、創作の過程を明かしていたことがある。

ここでいう短篇小説とは、原稿用紙三十枚程度の分量の作品を指しているのだが、本書はそうした短篇ではなく、「あとがき」にも触れられているように、十枚を限度とした作品二十一篇を収録した〝超短篇集〟である。

江戸時代の天明年間に東北地方を襲った大飢饉《ききん》の惨事と悲劇を現代社会の人間関係とからませて描き出した「鰭紙《ひれがみ》」から、姉の教会葬で会葬者の中にかつて姉と恋仲だった男のうらぶれた姿を見出《みいだ》した妹の心理をとらえた「聖歌」までの二十一篇。一九九七年一月号から翌年七月号にかけて「波」に連載された「鰭紙」から「偽《にせ》刑事」までの十九篇に、「小説新潮」一九九六年一月号に発表した「観覧車」と「週刊新潮」

一九九九年四月二十二日号に発表した三枚半のショートストーリー「聖歌」の二篇からなっている。総合タイトルに関しては、「これらの短篇を書いている折の私の心情そのもの」であり、「天空を自在に遊泳するような思いで、書きつづけた」と、本書の「あとがき」の中で説明されている。

その「あとがき」によると、十枚という枚数の超短篇に初挑戦したのが「観覧車」である。それまでこんなに短い枚数の作品は書いたことがなく、「十枚という枚数で、一つの小説世界を創《つく》り上げられるかどうか」の挑戦であったという。原稿用紙を前に、「白刃《はくじん》で相手と対峙《たいじ》するような思い」で、「素材をあれこれと数日間考え、それも定まって三日間を要して書き上げた」と振り返ってもいる。

浮気がバレて、玲子と半年前に離婚した島野は、一カ月に一度、小学一年生の娘と会う日に三人で遊園地へ行き、観覧車に乗る。もう一度機会を与えてはくれないだろうか、今度こそ一心に尽くすから、と島野は玲子に頭をさげて復縁を懇願する。だが、二人を駅の改札口まで見送った直後、島野は体に激しくうずくものがあって、付き合い始めた女と会わずにはいられない気持になり、公衆電話の前に立ち、せわしなくプッシュボタンを押すのだった。別れた妻への思っていた以上に深い未練、そして復縁を心から望みながらも、性懲《しょうこ》りもなく他の女に走ってしまう男の刹那《せつな》の心の動きを見事にとらえ切っている。

この初挑戦作「観覧車」を書き上げた時の心境は、どんなものであったか？　そのことに関しては、「あとがき」の中でこう記されている。

「書いた気分は快く、私は浮きうきした気持であった。わずか十枚でも、短篇小説として一応、人間の姿が描けたことが嬉《うれ》しかった」

二十一篇それぞれの「人間の姿」には凝縮感と緊迫感が漂っていて、まさに短篇小説のお手本のような出来栄《ば》えとなっている。

終戦直後、樺太《からふと》からの避難民を乗せた船がソ連の潜水艦に撃沈された事件を取材していた「私」が、水深七十メートルの海底に沈んだ船に眠る毬藻《まりも》のような頭蓋骨《ずがいこつ》の話を漁師から聞く「頭蓋骨」では、「大きな毬藻」という漁師の言葉が「私の創作意欲を刺激していた」という箇所に、作者自身が重なり合ってもくる。水戸藩脱藩浪士・関鉄之介《てつのすけ》のことを調べる「私」が、梅毒の症状を示していた関が、蜜尿病《みつにようびよう》、現在の糖尿病であったことを確認する「梅毒」は、エッセイ「桜田門外の変と梅毒」（一九九一年十月二十三日「東京新聞」）などでも触れられている素材である。二十年前の春、「漂流」の取材で八丈島を訪れた「私」が、島のバーで飲んでいて、刑事に間違えられる「偽刑事」には、千歳《ちとせ》での体験も描かれている。エッセイ「人相の話」（「サンデ毎日」一九七七年二月号）でも触れられているものだ。

鯉《こい》のぼりに関する「私」の戦時中の思い出を綴《つづ》った「鯉のぼり」では、登場人物たちが戦後も「生きていたのか」「復員したのだろうか」という記述で、物語は、言ってみれば未完で終わっている。この後をどういう展開にするか。それは読者がそれぞれの人生体験をもとに想像し、創造すればいいのである。こうした突き放し方が、かえって心地よさをもたらしている。

浅草に住む友人の家で、戦時中まで売られていた敷島という銘柄の煙草《たばこ》を吸ったことで、「少年時代の記憶」が蘇《よみがえ》ってくる「カフェー」は、煙草屋や自転車屋など近所の人々の生活が、少年の視線で描かれている。山奥の湯治場の男女が殺人を犯して逃亡中の犯人とわかる「紅葉」では、肺結核の手術後の療養中の大学時代の友人を語り手として、紅葉の鮮やかな朱の色の中に緑、黄の色を配し、さらに「血を滴《したた》らせたような濃い赤も点々と見える」と描いており、色彩効果とともに心理効果をもより高めている。

ここに収録された二十一篇には、男女の不可思議な邂逅《かいこう》と奇縁、夫婦や家族の絆《きずな》、友人との繋《つな》がりなどなど、さまざまな人間関係が描かれていて、それらを通して人生の断面を垣間見《かいまみ》ることができる。また、「鰭紙」「頭蓋骨」「梅毒」「サーベル」「偽刑事」など作者の小説取材に材を取った作品、「お妾《めかけ》さん」「鯉のぼり」「カフェー」など少年時代の思い出に材を取った作品など、作者の人生の途上で、心に刻まれた鮮烈な情景、胸に沁《し》み入る情景が、十枚たらずの小説世界の中に描き出されていく。

取材や少年期・青年期の思い出に材を取った作品を味わう意味からも、『吉村昭自選作品集　別巻』（一九九二年一月刊・新潮社）の巻末に掲げられている「自筆年譜」を参考に、作者の略歴に触れておこう。

吉村昭は、一九二七年（昭和二年）五月一日、まだ東京府だった日暮里《にっぽり》町に生まれた。現在の荒川区東日暮里である。父は製綿工場（後に綿糸紡績工場）を経営していた。私立東京開成中学二年生の十二月に肋膜炎《ろくまくえん》を患《わずら》い、戦時特例の繰上げ卒業まで断続的な病気欠席が続いた。一九四五年四月の夜間空襲で家が焼失した。その前年の八月に母を、終戦の年の十二月に父を亡《な》くした。一九四七年四月に学習院高等科文科甲類に入学したものの、翌年九月に肺結核の胸郭成形手術を受け、左胸部の肋骨五本を切除された。翌年の五月から十月まで、栃木県の奥那須《なす》で療養したのだが、「紅葉」に登場してくる大学の友人・野尻《のじり》君に作者が重複して映る。

一九五〇年四月に学習院大学文政学部に入学。文芸部に属して、「學習院文藝」（後に「赤繪」と改称）に脚本や小説を発表し始めた。その後も「環礁」「文学者」「Z」

「亜」などの同人誌に加わって、短篇を発表していった。一九六六年六月、「星への旅」が第二回太宰治賞を受賞。ついで長篇「戦艦武蔵」が「新潮」に一挙掲載された。三十九歳の時で、「自筆年譜」には「ようやく文筆生活をする自信めいたものをいだく」と記されている。戦史小説、動物小説、医学小説、自伝的小説、歴史小説と、自らの創作領域を広めていったその後の活躍は、改めてここで触れることもないだろう。

こうして作者の略歴をたどってみると、本書の二十一篇に描かれている情景は、作者の心の奥深くにあったものが多いことが実感できる。エッセイ「詩人と非詩人」(「文學界」一九七一年三月号)の中で、作者は次のように記していた。

「人の死は、常に残忍である。首に荒縄をくくりつけられ強引に引きずられてゆくような、たけだけしい暴力を感じる」

この一文からも、若き日の肺結核の闘病と手術が、作者の死生観に大きな影響をあたえていることを容易に推測することができる。アバウトな受け止め方になってしまうかもしれないが、本書の二十一篇それぞれに共通するモチーフ、それを一言で表現するとすれば、やはり〝人間の死〟であろう。

私事にわたるが、筆者は、文芸評論家の故・尾崎秀樹《ほつき》氏と作者が互いに手術のことを振り返り、取り去った肋骨の数を競い合うかのように話していた席に同席したことがあった。筆者も小学二年生の時に肺浸潤で長期欠席をしたことがあるのだが、不治とされた結核という病気に対する思いが違う世代であり、この時の二人の話には、あたかも戦友同士のような雰囲気を感じたものであった。

また、エッセイ「悪い癖」(「波」一九九九年五月号)の中で、旅について次のように記していた。

「あえて『私の好きな……』ものとはなにかと考えてみると、旅かも知れぬ、と思う」

ただし、名所旧蹟《きゅうせき》を巡る観光のための旅ではなく、小説を書くための調査旅行なのだが、「旅をするのは、人を見る機会でもある」として、学生時代、冬に秋田県の横手に行った時の夜汽車の車内で見かけた男女のことを記している。「殺される」という女の声を耳にして、この男女の関係、二人はこれからどうするのだろう、とあれこれ思いをめぐらせ、「このような過ぎ去った一情景を思い起すのも、旅の面白さかも知れない」と結んでいる。「過ぎ去った一情景」、それは本書の二十一篇の中に見事な文学的結晶を見せている、と言ってよいだろう。

本稿の冒頭部で触れた短篇の創作に関しては、「ロングインタビュー・創作の裏側をのぞく　吉村昭と歴史小説」(「本の話」一九九六年七月号)の中で、短篇小説を書き続ける理由を問われた作者は、こう答えている。

「私はね、ほんとは短篇が大好きなんですよね。短篇が好きで小説家になったようなもんで、(中略)短篇書いているのが、やっぱり生き甲斐《がい》なんですよね」

「短篇を書くっていう雰囲気っていうのは、昆虫の白い体液みたいにだんだん体が透き通っていくような感じがしてね。だからといって決していいものが書けるわけじゃないけど。だけどやっぱりそういう時間が必要でね、竹の節みたいに短篇書くっていうことで、心身ともにそこに一つ変り目をつけないと、前へ進んでいけないような気がするんです。長篇ばっかりやると、だらだら、だらだらね、一直線の道を歩いて行くような感じになっちゃうんです。それよりも階段があり、右へちょっと曲がって行ったり、路地へ入って行ったり、そういうためにはやっぱり短篇書いてないとね。だから私にとって短篇っていうのは大事なんですよ」

　また、何も書くものがないと思っても、必ず出てくるのかという質問についても、次のように答えている。

「自己暗示でもあるんですよね。必ず出てくるんだと、間違いなく。十日間ぐらい何もしないでね」

　何もしないけれど、必死になって考えて、それこそ夢の中でも必死に書いていて、

「十日ぐらい考えてくると、旅人が眼の前に現れてくるんです、闇《やみ》の中から。通りすぎてゆくんですよ」

とも述べていた。作者の小説作法、創作の秘密を垣間見る思いがする。本書の二十一篇も、こうして生み出されたものであるのかと思うと、そこに壮烈な作家魂といったものを感じ取ることができる。

全二十一篇、一篇一篇を読むのに要する時間は短いけれども、その後に残る余韻、感慨は、長く、そして強いものがある。人間の生と死、愛と憎しみといったものについて、深い興趣が沸き起こってくる鋭さがある。この作者の作品群の中でも、特別の位置に据えていい、珠玉の〝超短篇集〟を、じっくりと味わっていただきたい。

(平成十五年三月、文芸評論家)

この作品は平成十一年五月新潮社より刊行された。

新潮文庫最新刊

深沢潮著
かけらのかたち
「あの人より、私、幸せ?」人と比べて嫉妬に悶え、見失う自分の幸福の形。SNSにはあげない本音を見透かす、痛快な連作短編集。

武田綾乃著
どうぞ愛をお叫びください
ユーチューバーを始めた四人の男子高校生。ゲーム実況動画がバズって一躍人気者になるが――。今を切り取る最旬青春ストーリー。

三川みり著
龍ノ国幻想3 百鬼の号令
反封洲《たんのほうしゅう》の伴有間《とものありま》は、地の底に落とされて生き抜いた過去を持つ。闇に耐えた命だからこそ国の頂を目指す。壮絶なる国盗り劇、開幕!

月原渉著
九龍城の殺人
「男子禁制」の魔窟で起きた禍々しき密室連続殺人――。全身刺青の女が君臨する妖しい城で、不可解な死体が発見される――。

D・チェン著
未来をつくる言葉 ―わかりあえなさをつなぐために―
新しいのに懐かしくて、心地よくて、なぜか泣ける。気鋭の情報学者が未知なる土地を旅するように描き出した人類の未来とは。

信友直子著
ぼけますから、よろしくお願いします。
母が認知症になってから、否が応にも変わらざるを得なかった三人家族。老老介護の現実と、深く優しい夫婦の絆を綴る感動の記録。

天《てん》に遊《あそ》ぶ

新潮文庫　よ－5－45

平成十五年五月一日発行
令和四年九月三十日十五刷

著者　吉《よし》村《むら》昭《あきら》

発行者　佐藤隆信
発行所　株式会社 新潮社
郵便番号 一六二―八七一一
東京都新宿区矢来町七一
電話 編集部(〇三)三二六六―五四四〇
読者係(〇三)三二六六―五一一一
http://www.shinchosha.co.jp
価格はカバーに表示してあります。
乱丁・落丁本は、ご面倒ですが小社読者係宛ご送付ください。送料小社負担にてお取替えいたします。

印刷・大日本印刷株式会社　製本・加藤製本株式会社

ISBN978-4-10-111745-4 C0193